風葛雪羅

白樵

僅以此書紀念嬤，陳魏南華女士（1922－2018）

目次

輯一 灰琥珀

輯二 青花

輯三 冰裂

輯四 燒琺瑯

輯五 酸枝

名家推薦

樵筆下字花如蠶絲，柔韌而纖細。特別喜愛童年階段，或許回望得遠，光入眼前，總能折射得更為細膩。焚香，氤氳透骨，在他稚嫩的肉眼中，親情愛情友情，諸多酸暖澀穢未能消化，真切地被保存為自身的隱喻。

隨著他觀自身，目光前攀，一行行，一層層，漸將肉身裹入。憑著一絲灰白線吊掛，好似飄在名為「風葛雪羅」的骨董店裡，暈染橘黃色光，我似乎緩緩結成了某種溫熱而無以形繪的畸體。

——石知田（演員）

以文／物記憶並不如煙的往事，從時光掉出來的斷片皆色彩飽和，詩性的文字躍動著哲思靈光，白樵擅以節制卻又充溢著影像感的文字，敘說那麼冷又那麼熱的家族史、成長史。在生動的描摹下，母親的骨董店擺設與展示的不僅是有來歷的精品，時代的畫卷、人情的流動也在敘事間徐徐開展，即便圍繞的物質燦亮，卻是個安靜的地方，情感晃動，如光似影，明亮與斑駁共存。讀著讀著，不覺將自身的回憶紛紛倒出來，鑄成靜物，置放其間，那收藏故事的所在。

——李欣倫（作家）

讀白樵的散文似小說，有他獨特的頓點與敘事腔調，是善於理順自我命盤的全知者。生長於時光凝滯的骨董店，偶或貓步逡巡在歪斜公寓剝落的漆牆，冷眼熱心，透視父母彼此糾纏互磨的灰燼之愛；觀視彷若鏡像的嬤，以逼近殼中的自我。又以一雙描摹地獄的藝術魔手，在半開半閉的眼與心之間，書寫自身記憶裡那些懾人邪魅，卻真誠到近乎純潔的自然之慾。一種詩意，便在這浸染無明塵世的橫陳肉體中提煉，在殘缺肉身與斷裂佛首間，萌生白氏獨特的種子字。

——李筱涵（作家）

讀樵的散文集，彷如不經意索得一串鑰匙，抽出一把雕花樣的，打開了一骨董老件方櫃，像他母親書房裡的抽屜，安置著被分類的記憶，流洩出家庭，父母親獨特的婚姻是被燃火的引信，荒謬、瘋癲、碎裂接續上演。

文字間有好多個不同稚齡的樵，正在說：「我是這樣長大的。」一面當家庭幻滅的見證者，又同時在陰影下抽長，擁有過水痣的小男孩，歷經家的崩解，也去過了遠方，最終歸返在老公寓四樓的充滿物件的房間裡，長大，成為大人了。

——林徽俐（作家）

白樵的散文有一種特殊的韻味，他採用直率的語調敘述深幽的心思，表面看似剛強無掛念，骨子裡卻是柔軟多情意。他的作品多是個人經驗，但明顯浮現出一個巨變時代的特徵，那是屬於二十世紀末的少年、青年的集體記憶，但又有所差別，差別來自白樵的成長小環境，這使得他的作品與同齡作者有很大的不同——題材獨有。我認為，白樵若持續善用自己的特點，將會展現更加令人讚嘆的成績。

——阿盛（作家）

白樵筆下的異質空間「風葛雪羅」兼具字面意義以及譬喻意義。他的母親將四處蒐羅的朽物化為神奇，收納成風葛雪羅這家骨董店的精品；散文家自己也同樣從個人記憶和家族記憶回收資源，打點出文字打造的虛擬骨董展場。這兩家字義和譬喻的骨董店，乍看之下頗有日本雜誌裡頭昭和老舖的情趣，再看之下卻輻散日式推理小說的懸疑。正如西方俗諺說，櫥櫃裡有骷髏：白樵的兩種骨董店少不了櫥櫃，櫃子裡自然也少不了淘不盡的慾望與恐懼。

——紀大偉（國立政治大學臺灣文學研究所副教授．《同志文學史》作者）

白樵寫散文，對呼吸換氣特別講究，逗點、單詞或極短句左右文氣，昂揚起來，像雨水擊打車蓋本能般彈跳，有時候，卻沉默如珠串突然斷線遲疑沒有盪開。忍不住來回讀出聲音，揣摩情感與字句的貼合或分岔。全書是那敏感的孩子長大了回頭看，記憶一一框取製作幻燈片，顏色，氣味，情節，故事線，從久遠的霧色裡向我們投影。

——楊佳嫻（作家）

白樵的散文像是鑲滿貓眼石的古蹟，古蹟拉開竟是一座陵寢，裡頭住滿一見光就風化褪色的家人們。有些家庭故事，總超越最奇幻的小說，這是散文之所以動人的祕密之一。白樵深曉所有祕密，通過誦經繪畫舞蹈與書寫，祕密變身成為人世間最華美的彩衣，看那細葛含風軟，香羅疊雪輕，《風葛雪羅》裡頭的慾與鬱，彌封了一片深情。

——蔣亞妮（作家）

我一直在等白樵的這本書。關於他的家族暗史——有三段婚姻的出版社闆娘（嬤），經營風葛雪羅骨董店的中性女人（母），精神崩潰的男同志（逃父），還有那些在腥風血雨裡撐著傘的姨叔舅輩們。

只有家與校的童年青春，男男女女都將成為他的字，被揉寫，被讀判，凝鑄在《風葛雪羅》裡。樵的書寫，望塵莫及。或許，樵是被佛／神插旗的「創作命」，身為過癮的閱讀旁觀者，我得收起那膚淺的欽羡，對樵與樵母深深一鞠躬。

——鄧九雲（演員・作家）

在當世以口語求親近的寫讀傾向中，白樵無畏以雅深險拗的字詞構句，卻又能漂亮裁縫穠纖，不落得文藝腔的下場；更難得是這些精琢語言的總和最終充盈現代感，光論這份以古典素材生發新穎語氣的內力，就已讓我傾倒。

這樣的筆性當然適合藏與遠，然最令我心折的恰是白樵以此引我們注視性與髒，羽尖碰觸屍腐，花莖插進爛泥的膽識。作品裡，觀音裸身，耆老靡穢，迫人想起《天龍八部》裡靈麗如仙的刀白鳳走向傷滿蛆爬的段延慶時心底的誓決：我要找一個天下最醜陋、最汙穢、最卑賤的男人……

——蕭詒徽（寫作者・編輯）

推薦序

夢遊者的技藝與禮儀

關天林

1

我直覺白樵應該也喜歡《怪奇物語》（*Stranger Things*），但不是單純因為現實如常布滿撕開異次元的補丁和裂縫，又或者青春的殘酷黏膜茂密叢生還滲透時代的戰慄。

我只是看到一種手勢，並不蒼涼，卻經過提煉而有了記憶的諸多肌理，並同時像舞蹈的結束那樣指向舞臺漸暗的一側，記憶的深處，指認著——

夢總先於慾望和人性，入侵了我們的一切掩體：我們這軀殼，這家屋，種種榮辱與愛憎，都在有知覺之前，被侵蝕，不復為我們所有。自以為尚溫存並潤澤著的，早已被夢的無常、幻滅、毀棄所奪。

不像影集裡的奪心魔那樣神祕兮兮，又最終昭然若揭，但同樣需要在無數痛楚和刮痕之間摸索、追跡，在條析縷述時掌握距離，這夢的輪廓、與夢共存的這個那個夢遊者，方能指認。

2

《風葛雪羅》是高難度的書寫。我會說這首先是家族書寫之難。所敘的不一定是大家族，既要面向血親根脈，爬梳時就注定龐雜蔓生。

但家族也不過是白樵其中一面粗礪斑駁的牆（套用〈城市學〉的意象）或回憶「系譜學」的分支，白樵還要跳進成長這混濁的浴池，潛泳於青春漫遊的歲月。難度的提升，無異於修復舊宅之餘還要重建閣樓與地窖——包括那截然不同的濕度、亮度、氣味與氤氳。

在此處展露的，正正是記憶的技藝。那不僅是記憶力夠好。固然白樵在這方面是驚人的，童年的角落，倖存的遺照，情慾的瑣碎，掃瞄得夠清晰，還有餘裕在細節與暈影間反芻重溫。

之所以是技藝，還在於能把這一次次以幽微之網打撈起的往昔之重，訴說得輕盈，布置得妥貼。

〈厭畫者〉關於父親無法擺脫的陰影，以畫像的方式聚焦，在壓抑的困局和固有的平面之間晃盪，找到逃避與直視以外，某種過渡、共存的地帶，「厭」便成為難以痛快，但誠實以對的姿態。我讀著，似乎也找到厭父定局中量度自身心結的分寸。

白樵在自序裡說得好，「成為分號」，就是「區隔復盛載」，就是從兩端擺渡至中間混沌不明的許多，〈厭畫者〉結尾的「刪節號」戛然而止，正盛載著分號的可能。愛或唾棄，其實還可能成為其他的一些什麼，但成為之前，固化之前，我們可以蒙塵，可以灰心。

首輯叫「灰琥珀」，書中的憶述也總渲染著灰心的色調。在〈共慾者〉裡，讀到自稱居處為「蛇穴」、「蛇窩」，殘忍的快意靜靜滲出，然後反覆描摹同學宅邸深處壞掉的按摩浴缸，想像共浴，想像洗不掉的髒，殘忍快意中的自卑、嫉妒，以及對青春與世道的冷眼與興嘆，便愈加複雜地混融。

白樵的敘述富於密度，同時精準，敏銳地撿起冥冥中的餘波，以文字將之結晶、保真，不禁令人疑猜，也許自肉身墮地，祝福或詛咒從來都在，不曾遠離。有時難得是滋潤的美好的記憶閃回，如〈避池者〉裡，初次領略沉醉於池中，甚至從此活在水底的幻境，即使虛妄，也值得再次沉溺：「真好，下墜的變飛舞的，我想，若常駐水底，我的生活應如是顛倒，有個正常的父親，不那麼忙碌的母親，生活甜蜜。」有時則是陰風吹，一步踉蹌，從此鬼影幢幢，如〈啖鬼者〉篤定那場所沒經歷的外公之死，一切蹊蹺都必待自己那如伏妖般的兇猛一啖，才告瞭然，從此人鬼不殊途，只能夷然活下去。

3

眾多的「者」，交織的正是殊途或分身的讓渡地帶，一種合體技，眾影如一。而如果比喻為一人分飾多角，白樵何嘗不是總在記憶迴廊裡開闢片場，自行周旋、剪接，演出一幕幕過去現在並存的長鏡頭？

說到分身、鏡頭，便不得不注目於白樵的「空間詩學」。白樵曾就學於巴黎，對法國哲學家（其實也是文學家）加斯東．巴舍拉（Gaston Bachelard）的經典《空間詩學》必定有所領會，在我翻閱著白樵如何森然地建構起諸種生活或夢魘場景時，巴舍拉所言有關家屋與童年和夢的纏結，以及對日常異質、各種通道與角落的詩意撫觸，都不時浮現，互相印證。只不過巴舍拉是現象學式的剖析，相對抽離而超然，白樵則第一身緊貼意識的走道與轉角，讓房間、鄰宅，以至城區，隨舞步而擴展、增生或寂滅。發表於《字花》的〈城市學：防止傾斜蔓延〉是某種典範文本，它不但充分說明了屬於作者的空間詩學，我認為也代表著《風葛雪羅》的高潮，無論是從物理的制高點還是情緒滿溢的意義而言。

猶記得初讀這篇作品時的愕然：如製造了時空扭曲，一個空間隨時在瓦解，卻又被某種複調維繫著，我們就一點點被牽扯進每人都多少感受過的夢魘。重看一遍，可以說這夢魘就是人與住所的共生。這從來不是容易說起，更遑論是如此完整托出的事。

當然我們也可以肯定，這自童年至青春的寄身之宅，對回憶者而言是怎樣的刻骨銘心，於是其中的間離和提升，便更覺難得：「懼高的你，將頭與半個身子探出矮牆，俯瞰午後的巷弄寧靜，頭越彎越低，直至恐懼凝結成黑色的烏雲，群聚印堂，成淒風苦雨，你才趕緊將身子縮回。」

分裂反而易道，在這裡，充滿疑懼的成長年月卻只能再度寄居，一次次探照又縮回，舊宅的破敗與宿命的形成是同步的。白樵寫的不是截然撕開，而是與空間一命相連的失衡：「長年行住坐臥於這岌岌可危的，分崩離析的，內裡布滿浮腫壁癌，粉塵，垂吊無數衣蛾幼蟲的公寓裡。你過早參透已身偏離正常的命運軌跡。」

其後，化身為廢宅的獵人，把敧側的命運軌道駛向鄰居「共慾」固然精采，更離奇的是，被慾望煎熬的青春，與被年月蠶食的凶宅，兩者又恰成互文。就像厭父的情結找著了畫的源頭和出口，禁閉孤獨的肉體也能夢遊於敗瓦頹垣，既是侵蝕，亦復解救。〈城市學〉最後彷彿神話式結尾，祭壇已然築好，慾望之城只待作俑之身，成住壞空，俱歸於敘述者。

4

《風葛雪羅》之名，就是取自空間：母親往昔經營的骨董店。

童年在這裡度過，這店也象徵著與母親的連結，而任何真正的連結，對白樵而言都是帶血的。在優渥的物質生活背後，並以典雅的靜物包覆著、保護著的，是破碎的生，毀傷的身，既禁閉在店面後方盡處的房間，也沉滯在從父母交纏至今的紐帶中。三個人，一具馬蒂斯所畫的跳著命運之舞的身體。當父親脫序，自己就成為裸人舞的缺口，既為母親子宮帶來誕生殘留的膿炎臭血，也突兀地指向新的孤寂畸零。

白樵在書中爬梳血脈，也指陳緣之生滅。人與親緣，與犬緣，與物緣，一切在生命流過而成為瘤結或命運的，你都無法放下，必須帶著隨忤逆與歸順而來的苦痛，更堅執地活下去。但在不放過血淚流過之地，時而顯得殘酷的敘述裡，偶然也會豁然開朗，彷彿敘事即癒合，如〈系譜學：少女與孔雀〉寫青春友伴的離合，回憶驀然中止，曾經一起臣伏於迷人之美，最終割裂，但作為異類的自己和終成異類的彼此，又何妨視為各自修行，各自執迷？

也許不必再劇透太多，《風葛雪羅》既是成長迷宮的空間詩學，也是以自我為內核，貫穿集體與時代骨肉的解剖學與考據學，但最迷人的，卻是那一襲無視時空，籠罩彼此的夢魂，如魅如香，如飛灰，將滅不滅。白樵布置一次次回憶的禮儀，時而暴烈，像自埋屍魄，時而柔婉，屈從於殘忍如蜜的時光規矩之下。不止一次想到，你無法不以散文對待這本書，但小說或許也是迫視的方式，畢竟追憶不是逝水，而是蜂窩結構，囤藏著難以歸類成形的遺物，你必須輪迴、重演、反覆迷走。不被自己的怪嚇倒，才能化險為奇。

（本文作者為香港《字花》總編輯）

自序

成為分號，灰琥珀與其他

出書宣傳期偶逢訪問。

訪者們好奇的，常是我的身世。電話線端，podcast，咖啡廳，電臺錄音室裡反覆訴說過往。總以為那些痛，早已異化，形成某種與我無關之物。

某回，雜誌編輯請我尋些早期家族合照。蹬至母親書房，在那深褐木桌右方抽屜裡，依序挑揀一家三口難得的出遊或居家攝像。情緒紋風不興，淡靜。卻在視及一張自身年幼照時，心如千刀鑽刨。神智眩，淚霽韃，久難回魂。

應是婚宴喜慶？周遭的大人盛裝，母親全身黑著，頸戴雙圈珍珠項鍊，腕別蕾絲珠花，手持硬殼扇型晚宴包。小小的我躲在她斜側僅露半身，穿白西衫，內襯棕底金點的黑西裝外套，領口端繫著酒紅蝴蝶結。

年幼人兒伸手搔頭，眼神困惑，懵懂地看著一切。有些格格不入，不自在。將照片翻拍至手機存檔，暗覺照片裡的眼神，總結了我幼年經歷過的所有。時隔數月，滑開相簿，拉大近觀，竟覺那照片裡的神情同初觀時迥異。那裡頭，似乎挾帶些許堅硬。些許冷，些許恨。

原來幼時的我，早已成人，衰老，暮哀。

自書寫以來常自問，何以執意抽取一段段記憶，細挑觀點，再以句法疊床架屋，敘事裹繭？

文字或有極限，但佛終究於經籍內安藏種子字，羅蘭．巴特終究於母逝後日記裡，悟得悲傷如如不動之道。我將字從魂裡抽出，如春蠶吐絲，將自身層層包緊，好於恆動時光裡，成為另種存有。成為近乎神祕主義，難以類別的存有。

成為分號。成為德勒茲的「成為」（中文常譯作「流變」）。成為我。介於善惡，愛恨，常態瘋狂，男女同性戀異性戀間。與連接詞相異，分號屬二元，但它既區隔復盛載。是差異，是正反，分號切割出一整塊無垠之讓渡，那是白晝至夜，光影全無，徒留萬物輪廓的魔幻時刻。是海接平壤的潮間。是黑次第至白的灰階。是混義未明的各種可能。

後青春期，內心總滋養憤恨。為何是我承載如斯童年？常在深夜咆哮哭泣，覺自身於初始業已歪斜，往後時光，更長成相較父親更為偏差的怪物。尋無同類害怕孤獨，我企圖漠視回憶。

但哀傷如如不動，恨憤亦然。往事在體內發酵增生，妖物破體而出，我選擇遠離。少涉人世，自發性疏離是給予他者的最大溫柔。

如斯自詡安好。

而行至青壯年，生活步調歇慢，靜觀所謂常人，才驚覺，他們才成了歪斜的群體。新世紀人將自身擠壓成數據，為適應後真相，蛻變成與過往截然不同的模樣，他們迫切地切膚割肉，將自身塞入細小的歸類法與關鍵字裡，等待被指認，被搜尋。

反觀，對回憶的糾結，讓我拒絕成長，將心封印進古老的感傷主義。如今，我竟慶幸，從幼年起，命運在體內深埋下了足以抵抗這世界的什麼。人因哀傷，憤怒而完整。

砌字，無關療癒，只為未來世裡，自認受詛咒的孤獨者們堆造可相互指認的結界。

那是分號切割開的什麼。在那混義未明的空間裡，萬物皆許。

分號本質與灰琥珀相近。

灰琥珀又名龍涎香，貌如岩，大小不一，焚之，能生繞室不散的暖香腥酸甘醚。乃抹香鯨吞食大王烏賊後，因其喙難消，鯨體分泌膽固醇將之緊密包裹久結而生的穢物。傳聞剛排出的灰琥珀魆黑劇臭，但隨潮浪經年沖刷，氧化後，會呈深灰，淺褐或灰白等不同色澤。

凝結難以消化之物，積累後傾吐而出。正如書寫。讓那些隱隱作痛的經驗，大量湧出，在文字的行進，篇章的組成間，成為彌足珍貴且無所不容之物。

本書作五輯，以母親往昔曾開的複合式骨董店「風葛雪羅」為名。輯一「灰琥珀」為較早期短篇幅創作，交織後四輯內容做總體呈現。輯二「青花」與母親相關，古物裡母親素愛青花，故名。輯三「冰裂」寫父。輯四「燒琺瑯」回歸自身慾望與認同。輯五「酸枝」描繪成年生活。

感謝母親容我分享家族陰暗面，並助我修正記憶疏漏處。感謝袁瓊瓊老師對我寫作上的肯定，感謝阿盛老師在作品上的提點，並叮嚀我不懼他人眼光，專心創作。

一路結識許多貴人。《聯合報‧副刊》宇文正主編與盛弘哥。《中國時報‧

人間副刊》主編美杏姐。《幼獅文藝》的前主編小馬。香港《字花》主編關天林先生。皆刊登此書諸多篇幅，恩情難忘。

特別感謝時報出版社。總編龔槵甄，地表最強主編珊珊與編輯佩錦，行銷鴻祐，設計廖韡。能遇上如此組合，是創作者最大的福氣與幸運。不吝為本書寫序，推薦的文壇前輩、友人們，此恩深記，永誌難忘。

往事並不如煙。它梗塞，腫脹，膿乾後，讓人特別，讓人彌足珍貴。

風葛雪羅

輯一

灰琥珀

Ce qui est réel, c'est le devenir lui-même, le bloc de devenir, et non pas des termes supposés fixes dans lesquels passerait celui qui devient.

——Gilles Deleuze et Félix Guattari, *Mille Plateaux*

流變本身，流變的整體，是真實的，而非流變者穿行其內，那些推論為固定的詞彙。

——德勒茲與瓜達里《千高原》

厭畫者

一具半裸，左傾的菩薩形，腰繫香衣，彎臂，前伸著被截去的掌。而另一張非人非鬼的畸綠暗臉，浮於後側。

父親的油畫擱置在客廳，最不起眼的角落。沙發後，雙層木質白漆繃紗的陽臺拉門左方，讓帶刻痕的類柚木畫架托著，那是比儲藏房還更容易讓人忽視的，凹陷一隅。看電視時，背對著。入家門時，玄關切割了空間。進自己房前，將頭朝左斜，一堵牆便能不偏不倚地擋住。極少，在農曆年前掃灑期，母親若分配我打理客廳，我會將整個空間擦拭潔淨，不經意地，瞄一眼油畫，一年一次，再讓那畫架持續蒙著前年與大前年與今年，即將來臨的，灰。我與父親的油畫如是共處。

家中放了兩幅父親的畫，一幅客廳，另一幅，懸在母親臥室，雙人床正上方。橫形風景，類印象派的堆疊，一抹疊一抹的不確切。烈日高空，雲扭曲纏捲，浪，陡峭岩上立了赤身，背對成大字形，面對激盪景物坦展雙臂的短髮小人，依肌理，應是男性，我想是父親當時內在對境。兩畫用色相似，父親任憑深褐，暗赭，磚紅，藏青，苔蘚綠交織，繁衍。母親房內，應當瑰麗壯豔的裸身風景，在我眼裡，卻像一坨盛滿人畜泄物的方盤。閉眼熟睡，方能不視畫中物，我想這是母親能與此空間共處的唯一理由。

父母離異後，父親同其家族移民美國二十幾年，家中鮮少他的相片。只依稀記得他一米八的高大身形，巍然面前，總日蝕般蔽去我年幼視線所有光源。依稀記得他的寬肩，背光時膚白臉緣，與盛怒時賁張肌臂，但父親的面容，卻被蒙上一層又一層記憶的，灰，模糊，而不真切。

如是二十幾年，遠行，空著一張臉的父親。

他的兩幅畫，仍像鬼魂，盤根錯節紮在我與母親的生活空間。

「將他拿下吧。」某次，成年後的我對母親說。相隔數日，母親臥室，雙人床正上頭，難得露出完整，稍顯斑駁的牆，像鬆了口好長的氣。但不知幾時，原擱在客廳的菩薩畫，被移至玄關椅墊上，一個不得不每日經過，打聲照面的樞紐。

「將他拿走。」我對母親反應說。「或許，扔掉。」

「畢竟是菩薩像啊。」母親回，我不語。母親是虔誠的佛教徒，如我。

「這是我看過最陰的菩薩像。」我對她說。母親訓斥大不敬如我應當懺悔。

每日穿鞋脫鞋出門返家，我仍背對父親的畫，有時用背脊將它大力壓在身下，某次，發現畫上裂出一絲白隙，我盯著白線，良久，像某種禁錮的，壓抑的，鼓脹的什麼，終究覓得一口而傾瀉而出。我感舒坦。每日，再將背脊用力壓於畫框上，讓他與單薄的玄關隔間，擠出聲響，再微笑地帶上門。偶爾，返家時彎腰更鞋，順帶審畫，我掠過菩薩身形，觀察，並期盼白隙，同冰裂紋般擴散至整面油畫整面牆，但那白隙始終像一個曖昧，而停止生長的刪節號，漂在菩薩的斷掌上。

——原載於二〇一八年七月十三日《聯合報・副刊》

共慾者

小學末梢時光，熟絡於同性中的，不是我，是陳。永復迴蕩於前三排，孱弱腿腹上裹覆無血色的肌，並喊著拔尖聲音的我，在班上，並非全然孤寂。我佔領兩名，比我更瘦更矮聲音更細近似異性的同性傭兵。我們歃血，成團體，異形畸零人怪胎相濡以沫，抽屜深處藏有幾支紙條驗證我們的情誼。衝突仍不可逆地存在，某日灑掃，我站花臺，至高之姿由上而下，狠刮他們其中一人耳光。比我更小的男孩，站在我的下方，歪頭，捂著印上紅掌痕的臉，哭了。

陳坐教室後兩排，早抽高的身形，膚黑，標準運動型。課堂上，當我們勤抄筆記，常聽到突來的嘻笑叫罵從陳變了聲的喉管迸出，或陳後仰翹起課椅前腳時，咿呀搖晃撞擊磨石地的聲響。限定版美式球鞋，報紙剛釋出訊息，陳隔天就會穿上，邊晃椅子，邊笑著接受同伴讚美，與異性回首時飄落的眼神細微。

有些早出落至青春期的女孩，比半數男生還高。她們開始在白衫下穿戴曖昧的，深色，粉色蕾絲胸衣。陳踩喬丹鞋，率幾名高大男孩，躡手躡腳地繞至身後，掐彈她們如禮盒上註定被褪去的蝴蝶結般的，肩帶。女孩們怪叫，午後粉橘光暈中大家扭打成糊，成塊。肌蹭膚，拳頭，大腿，腰背間的轉圜洩漏著不再單純的慾。而像馬戲團裡可悲侏儒，無人聞問的我們，則在紙條上畫滿了猥褻，暴露的女體男體，各式生殖器，並為陳與女孩們編上難聽的，唯有畸零人間流通的暗語，綽號。

陳的住處位於我家巷口，隔條馬路的正對方。我家膽怯如蛇穴，灰舊陰暗，隱匿高盤弄衢底。而陳的家，四層加高棕磚色建物無畏聳立路旁，坦蕩。某個陰霾午後，我意外受邀前往陳的堡壘。只有我，沒有任何我的或他的傭兵，沒有任何異性。

一樓辦公隔間，川流不息的複印機電話聲員工腳步，二樓陳的父母臥室起居間，三四樓陳同姊姊各獨分一層使用，我不記得陳的房間擺設或裡應的行頭，我們沿階梯俯拾而上，陳帶我進入堡壘最頂加蓋間。

很多的玻璃，落地窗，陽臺上爬滿猖狂叫囂的各式綠色植物，大大小小盆栽，室內正中央，一架小階梯，沿牆高檯上頭凹放一座巨型白瓷嵌入式按摩浴缸。我愣了，這是我頭一回看見按摩浴缸，各式龍頭，旋鈕漆銀，盛著漸層丘陵下陷般的底座與大小不一洞孔，我回頭看見陳得意的眼光。

「只可惜前幾天浴缸壞了。不然，我們就能一起泡澡了。」陳對我說。我猜不出他的語調是欺騙是誠懇是炫耀的純粹，抑或帶有邀約探索某種蒙昧的，不再單純的慾。

「喔，沒關係。」我說。我推窗，上陽臺，試圖從葉蔭中搜尋對街，高盤弄衢裡的蛇窩，但一無所獲。天是真的黑了，雲像過大脂肪球倒吊，壓迫著，我無法呼吸。我必須在晚餐前回家，於是我過街，再鑽入巷弄，直奔隱密於雲層下，陰涼溼暗的窩。陳在至高點的對街陽臺，朝我揮手。

中學，因學區關係，陳仍與我同校。人人誇飾，復述陳的按摩浴缸，我們偶爾在走廊相遇，卻不互相招應。陳的眼光黯了，腳上還是限定版美式球鞋，只是舊了，髒了。某日，同學說陳父經商失敗，舉家遷徙，那四層樓加蓋的棕磚色碉堡，如今像棄兒閹犬般貼掛著紅條子，引人哀矜。

此後每從蛇窩鑽出，入世戴上人的面具前，我望那樓，如今蔓荒綠草的頂樓加蓋處我惦著那按摩浴缸，那盛著漸層丘陵下陷般的底座與大小不一洞孔的缸，想必是徹底的廢了，壞了，再也放不出水。而想到再也沒有人能與陳一起泡那按摩浴缸，我便開心地笑了，滑入青春期了。

——原載於香港《別字》第十一期

避池者

再也沉不下去了，我。

十歲前，在嬤家度過的下午，她會帶我拐幾個彎，至基督教青年活動中心習泳。我拎著寶藍束口袋，走在嬤身邊。兩人進穿堂，盥洗，再依階踏入鋪滿水藍碎石壁的池。水道上綁有隨波擺曳的彩球線，頂上白漆遮棚，幾扇大而方正的窗，光影彈跳瀲瀲水色。

課程名稱從入門到進階，由不同水系物種轉喻漸漸繁複技藝，蝌蚪小蛙水母海馬海豚鯊魚。任課教師總是黝黑，壯實的年輕男子，鶴般獨立於矮個頭幼兒群。所有泳裝顏色攪在池裡，遠望，如一窪雨後積水，染了虹的絢麗。

頭兩期課程由家長伴孩子練習，孩子們的臂上圈戴亮黃亮橘充氣護具。我們嘩嘩嘩比賽誰能把晶瑩亮水踢得洶湧暴烈。印象中嬤的泳衣，總是鮮豔花配暗底，她的臉被水光折射得白。嬤扶著我的腋，助我踢腳打水，肉垂在她細細的臂上。她像一隻瘦長，逐漸石化的半僵硬珊瑚，將我抓得牢緊。

閉氣練習。五秒，十秒，十五秒遞增。有人用手捏鼻，我則毫不猶豫地將頭埋入水底，有女孩男孩開始尖叫哭鬧，家長老師忙於安撫，我不明白，何懼之有？水底景色令人著迷，所有物件脫離日常軌跡，漂浮，向上搖曳。女孩的粉色裙襬，來不及綁好的細細髮絲，或口鼻嘆出的圓沫。真好，下墜的變飛舞的，我想，若常駐水底，我的生活應如是顛倒，有個正常的父親，不那麼忙碌的母親，生活甜蜜。我在水底微笑時，教練吹了哨，嬤把我的頭強拉出水面。

逐漸，我們拋下救生輔具與親人，同教練進階練習。我們學水母漂，年輕教練強調，船難時，可用水母漂救命。頭埋腿間，雙手抱膝，沒氣了，將頭快速伸出水面換氣。真簡單啊，我想。我們比賽誰能最久不換氣，我總獲得頭幾名。或教練沿道擺放長長防水凳，我們鑽入池底，手腳並用爬過一道道銀涼板面。最後幾堂課我們不用浮板，以牆壁反作用力，蹬，直線切入水面，雙手伸直，踢腳前進。我們比賽誰能游最遠，我在顛倒無聲的幸福世界，前進。轉頭看看隔壁的新生們，我覺得，我像個青年了。

一次，嬤與我到小舅家排遣過長的夏日假期。小舅新居於暖暖，我們繞好長的高速道路才抵達他的社區，嶄新高樓環繞幼兒圓池與長方成人池，一岸之隔。我與高采烈地快速更衣，跑到幼兒池戲水，池淺，水淹不及大腿一半。我捱著岸踢水，行走，或想像一道道防水凳排列，我無須閉氣，狗爬式地竄。

小舅在成人池。他瞧我踢閃水花，大步逆波走跨，便朝我招手，吆喝。來啊，過來這裡玩。我猶豫，拒絕。他冷冷地笑，真膽小啊。膽小一詞只有我能用來形容習泳夥伴，我忿忿起身，踏著水花，跨入成人池。

我抓緊欄杆慢慢下水，用右腳試探。好深啊，我踩不到底，我對小舅說。欄杆位置已是最淺邊角。我不行，我說，一邊將身體抽出水面。不是會漂浮跟打水了嗎？小舅說。試著直接下來吧，你再划上去就行了，小舅隨意示範著。我放手，身體往底墜，我的手慌忙地在水中抓，我想，用水母漂就能浮在水面了，累的時候再抬頭換氣，等適應了，踢踢腳，將身體蹭到欄杆處就好。

我將頭埋在雙腿間，手環膝，身體漸漸像顆球往上升。急著換氣，我抬頭，小舅卻從身後，用雙手將我的頭大力反壓於水底，我的手在空中揮舞，腳瘋狂踢踹，但重重水波削弱了力道，我像一隻扭擺的葵，小舅壓得更起勁了，我的頭被抵在池牆一半高，透過泳鏡，舉目，是交織的水藍與透白陽光，一絲飄軟底片緞，繞著我的頭轉，上面印著以前的定格畫面。噗噗噗我的鼻孔有無盡的泡沫逃逸，再也無法有效隔絕水氣，一股黑，從視線邊緣慢慢聚攏，寶藍紋與折射的光，越來越暗。我就要瞇起眼睛了，合起雙眼，手腳不再掙扎，任四肢像透明腔腸動物般，隨波漂移。

嬤的叫喊聲劃破水面，我被一雙枯瘦而有力的手，撈起，擱在岸邊。從眼睛，鼻腔，耳彎，嘴，我不斷吐水。隨後的記憶，斷缺。之後，嬤幫我在青年活動中心的櫃檯取消了既定課程。幾次在家沐浴，我會將浴缸塞滿水，再慢慢地，以手捏鼻，一步步將身體滑入水底。當水淹過鼻頭，我會彈起身子，尖叫，哭泣。我再也無法接觸那顛倒的，可能的幸福世界了。

——原載於二〇一八年九月十九日《中國時報．人間副刊》

啖鬼者

我的房間坐落邊角，半夜起身須穿越客廳，餐房，才能到洗手室。無聲，唯有隔棟的衰微夜光，輾轉染在白色餐牆上。儘管低頭快步，年幼的我，眼角餘光總會不經意捕獲一尾細長，乾瘦黑影。那影從右至左，自牆角閃過。我呆立數秒，有時，夾縫處會再現那扁枯身形。我一路摸黑跑回房，將頭埋入棉被。那角落，是擺放外公與母親黑白合照的地方。

一抹哀柔，黑淒的魂，攀在外公肩上，是我的印象，年輕的外公好像過早將自己活成一名往生者。照片中，他的眼緊鎖，眉皺，凹陷雙頰上卻耷下兩條細垂肉。身形不高的他將年幼母親擁入懷中，母親的圓潤身形，顯出外公的薄，好像他須使力扎腳，才能撐出一幅完滿圖像。外公逝世許久，我才慢慢，自另一混沌黑暗，伴灰稠黏液滑落。未曾視他，見他，成年的我，唯有從定格瞬間隻字片語，拼湊他的形象。

相片上，母親的姿態讓人印象深刻。三，四歲的她獨坐外公臂彎，短髮微鬈，短袖白衣深色短褲，單手叉腰，眼裡，卻瀰漫成年女子獨佔感情時的傲。外公寵母親，能為她花上公務員單月薪資的蕾絲洋裝，和風糕點與對岸禁書。他扛她，揹她看野臺戲南北管。身，性靈，物質三層面完美佔據。幼年的她瞇眼，鼓著腮幫頭微仰時透出的，是睥睨，而非孩子的任性。那神情激惹嬤，與同母異父的大阿姨。

他是嬤的第三任丈夫，受中部大報委託，任特派一職。工作遠行，外公沿路尋遺聞軼事，也搜集零散的肉體歡娛。小舅提過，外公與他同行的溫泉之旅前夕，嬤將他拉至身旁，叮囑他勿被外公下藥迷昏。嬤在小舅手裡塞了幾枚銅板，提點小舅眼觀四方，探查飯店裡有無女子蹤跡。

幼時，寄宿嬤家的失眠夜，她對我說，她恨外公。一晚，她伏床，手握尖利裁縫剪，等外公更衣。嬤說，他將別處沾的汙穢，留在她的身體。她回憶時，眼神跳閃絲絲火光，我害怕，逼自己入眠，故事斷尾在假寐的夜。成年後，我想那時外公技巧地摟嬤，撫著，順著。那雙因憤怒顫抖不已的手，轉為馴鹿般乖巧，他仰躺，銳剪從嬤癱軟的掌，墜下，直直插入枕頭邊，離外公太陽穴最近的地方。

有暴雨的夜，她趴一旁，絮絮，或許嬤的描述太生動，主導了我對外公的印象。他攜老式相機，日式編織帽，西服，與一木盒式收音機外訪。午夜多風，抖擻樹葉沙沙響的田野彎路，疲累的他，倚在粗厚樹幹上沉睡。遠方傳來淡淡的，間歇晃鈴，他仍閉眼憩，而鈴聲繞續，逼近，佔據耳蝸裡越來越多空間。樹下，他猛睜眼，見一男子手搖銅鈴祝唸有詞，身後，整排清衣黑布者，抬手垂舌，冷冷地，隨鈴聲跳，停，跳，停。外公將自己縮成腳邊的石頭，屏息，深怕一絲風吹草動，都能讓活屍隊伍改變行徑。我沒對嬤說，我想外公擔憂的，是他們上前，撥開草，揭露他混跡人世的潛諜身分。

前幾年，嬤家客廳亙古的大理石圓桌前，母親對瘦削的我說，你越來越像外公了。我疑惑，我說我從沒見過他呢。母親轉向嬤，湊近她掛上助聽器的右耳，大聲複述。嬤緩緩轉向我，點了頭。我拿手機翻閱自己相片，比對牆上幾幅外公的年輕照。眉宇間，好像都擠著一道黑影，相同的尖臉，相同的凹陷，只是我的頰還未耷下兩條肉。你們都是不快樂的人，母親說著，嘆了氣。

嬤已不能言語。最後呢？我問母親。

那年，北港老家決議修繕祖墳。外公請好友擇日，挑了時辰，大伯父卻因故延期。我想，那必是個陰風陣陣，芒草飆長，搖曳的午後時光。他們踏上雜影密生的丘，除去碑上的青苔蔓藤，拔墳，掘土，地理師持盤，左右張望。聽從指示，他們汗涔涔地，用木軸與粗繩拖行，立下簇新澤亮，刻畫金色書法的石。此刻，或有一縷煙，從陰潤土壤冉起，攀上外公溼透的肩，鑽入他喘息的鼻。天完全暗下後，他們鞠躬，下山。

回親戚家，外公頭劇疼，暈轉，眼前一片黑。他們細心照料臥床的他，想是中暑了，雖然才四月天，他們猶豫數日才告知嬤。嬤急忙南下，命親戚將外公轉診中部醫院。沿途，大甲媽祖遶境，震天價響的炮竹鑼鼓，剽悍獠面巨型人偶擺盪而過。他們陷在萬頭攢動，白衫斗笠，肩披汗巾的人群裡，動彈不得。外公入院時，早因低血壓中風，斷了氣。

我沒有告訴母親與嬤，某夜，年幼的我，站牆角等黑影顯現。我伸手撈，抓牢後，張嘴，再慢慢將之塞入咽喉底。從此，再無鬼魅行跡，只是，我的臉越來越凹，眉宇間越來越黑。看著鏡中自己，我希望我能活過四十七歲，外公逝世的年紀。

——原載於二〇一八年十一月八日《中國時報·人間副刊》

傷犬賦格

嬤老了，坐在沉甸旋椅上，動作越來越緩。她像海域裡最老最倦的魚，鎮日俯首平貼多藻之壤，任單薄至半透明的身，鰭，鬚隨波飄盪。我坐在她正對方，灰白大理石圓桌隔著。我喚她，不應。她的眼穿透我，落在更遠的海際。

或許，該養隻狗。我用手肘推了母親，說。

我怕狗的。她回。

有印尼小姐照顧，還行，嬤需要一些刺激，生活上的。我邊說，邊滑開手機打遊戲，避開母親的視線。

嬤家曾飼兩犬，但她對狗卻無特別情感。都是我吵嚷不已，母親禁不起拗，才折衷由嬤照料。第一隻，極小，極小的我極小的牠，黑色混種犬，出生不久仍裹著奶香。我迎神龕般小心捧於手心，蹲下，將幼犬置灰白大理石圓桌底，旁邊就是落地窗陽臺。我對母親說，可以親近自然的，真好，我要叫牠米奇。

數週後返嬤家，剛進門我便喊米奇米奇米奇，室內一片寂靜。我繞到廚房拉著嬤的圍裙，正午她忙烹食，菜肉瓜果堆砧板上，即使天陰也不開燈。嬤是節儉的，廚房蛋青碎磚上，擺放大小膠盆，用來接盛龍頭淌下的細水滴。而洗米，滌菜後的水，用鋼盆裝著，擺在固定位置。流理臺上的鐵罐，堆滿仍沾附黏液的雞蛋殼，這些，屬嬤的花房備料。

狗呢？我問。

陽臺上。嬤說。我推開落地窗拉門，探頭，仍是寂靜。

沒看到啊。我吵著。她將溼漉的手往圍裙擺擦，一手牽我，一手朝陽臺後那多葉深色樹盆指，我露出不解神情。

米奇死了，我把牠葬在盆栽裡。嬤說。

嬤不知幼犬是無法消化人類食品的，回家後母親如此安慰我。此後嬤的陽臺成了我的禁區。小學末幾年，我仍吵著養狗養貓，舅公送我已飼養多年的白貴賓。經過米奇事件，嬤待狗格外謹慎。在嬤家過夜的週末，貴賓橫睡我與嬤中間，床位高，披了花色已褪的長方蚊帳，我拍蓆墊，受過訓練的貴賓一躍而上迅速入懷。嬤鼾聲響，碎石枕堅硬冰冷，臥房薰著濃烈樟腦。我摟貴賓，將頭埋於犬腹，讓更強烈的，難得的雄性氣息灌入鼻腔，才能入睡。

週末在嬤家，固定時間我們牽貴賓，在天橋上散步。我拉繩，貴賓踩快而細的步子，我刻意走走停停，偶爾使力勒繩，貴賓頸縮窒息式前腳滯空抬起。嬤在身後，分解動作彎腰，屈膝，蹲拾犬泄，用從家裡撕下的日曆。她孱縮在地，久久不能起身。我骨溜轉著眼睛，細細品味告知米奇死訊時的冷漠神情，如今因抓欄杆施力而猙獰不已。我笑了，歡快地撤繩，與狗，跑向更遠的地方。

嬤老了，沒法這樣天天遛狗了。一日她對我說。

沒多久，再見不著那受過訓練的，陪我度過無數失眠夜的白貴賓。狗送給了嬤的前員工，獨身中年女性。入青春期，沒了狗，我自然減少去嬤家的次數，撕下的日曆被嬤折成一個個方正戴帽盒，放在灰石桌上，用來盛放烹食後的廚餘。

貴賓還惦著你呢。幾次嬤去前員工家之後，撥電話對我說。

不過貴賓現在好老，好老了。她輕嘆。沒待她說完，我便看著手錶，掛掉電話。

成年後的我與母親決定領養棄犬，為了嬤。我們繞好長的路，才到市郊收容所，我想再領養一隻貴賓，玩具型迷你，能揉和米奇與白貴賓的記憶。

有人登記了呢。收容所員工說。

我指另一貴賓。收容員再次不好意思地搖頭。

最後我看到一隻極小臺灣黑犬，無人認養，我喚母親，母親隔籠打量幼犬的眼神。我將牠抱出籠，牠不吠，順服且溫馴。唯一與米奇與白貴賓不同的，牠屬母性。自幼，堅持非公犬不養，那是我結盟的唯一可能。我生於女性滿盈之居，離了婚的母親，甚早喪偶的嬤，與無數輪換，面容模糊的女傭們。她們總避開我，將彎成葉瓣的手，輕靠彼此耳際，低聲細語。搜索成年男子模仿樣板，與渴求認同的年紀，孤獨的我，隔幾週，便急忙推算貴賓相對的成人年齡。將臉埋在溫軟犬腹時，我總臆想那毛絨前肢，吹脹成一雙結實的臂，讓我倚著，安心。

如今我大了，能圈屬，拓寬自己的生活領域，業已能獨自結交男性。

成熟的人，是不介意領養母犬的。望犬數秒，我對自己說。

領了登記表，填妥後，收容員給了我一只紙箱。門口，我嚷著母親幫我拍照，幼犬被我抵於胸前，牠在我手裡不安地顫抖，我將之摟，揉，掐得很緊很緊。我覺得我成年，誰也奪不走我的狗了。那天我穿黑底短袖圓領衫，上邊攀繫滿滿金線紅花，照片裡的我低著側臉，帶棕金毛的黑犬像融化，消解在我的懷裡。

我期待把牠輕放灰白大理石桌下那刻，嬤的眼，會從深海豁渠中轉醒，從迷惑到不安到恐懼。我認為，嬤始終是憎狗的。這次瞞著母親，我決意趁嬤無行動能力時，強行縫補缺狗過往。母犬由印尼小姐照料，我偶探班，便能輕鬆坐享飼主之名，更能順勢懲處嬤的當年暴行。一舉多得，我想。

要幫她取什麼名呢？母親在車上問。

秋秋桑，蝴蝶夫人裡的女主角名，我邊逗狗邊說。

蝴蝶夫人的女主角最後是自盡的，這不太吉利啊。母親說。

入夜後，嬤家客廳照例僅持一盞燈，其餘的，便讓黑暗包噬，偶有零星的神明燈，夜燈在角落熹微。秋秋桑緊縮紙箱底，牠先用小巧，潤溼的鼻嗅聞好一陣子，才探出身。印尼小姐初見秋秋桑時，露出了失望表情。

我以為，會是，一隻昂貴的狗。她說。

園裡的貴賓，眼神都呆愣的，這隻聰明。母親回應。

秋秋桑逐漸適應環境，開始在客廳裡竄，尾巴搖得起勁，我將牠一把抱起。嬤在彼室，無光，如畸生淵海底棲，獵捕浮游的怪魚，她張嘴，凝視遠方，在陽光終年不落的暗裡，緩緩伸出觸手。她想將毛線帽沿拉低，卻一次次撲了空。我扭開燈，將懷裡的秋秋桑，湊到嬤面前，她的眼神倏地聚焦，唇齒顫動。

把牠……拿去……丟掉……。嬤艱難地從頜鬚緩飄的唇，吐出水泡。

我單手抽出旋椅，挪好角度後，將秋秋桑擺在嬤的腿上。秋秋桑聳尾躬身，試圖在瘦纖的兩條平行線間尋平衡，好不容易站穩了，卻因緊張，發抖，而失了重心，跌進嬤的雙腿間。

這可是送妳的禮物呢。語畢，我朝嬤笑，並將驚懼的秋秋桑拉起。燈照下，我瞧見她的碎花衛生褲上，有了一灘水跡。

翌日，我繞至巷口寵物用品店，向店家詢問攜式獸籠價格，店家以幼犬增長迅速為由，建議等完熟至成犬體積再購入。最後，我挑了幾包進口乾糧，磨牙棒，與一張靛青蓬軟的墊。

至嬤家，秋秋桑並沒預期般，初聞門鈴便上前迎接。牠趴在石桌下。我在陽臺落地窗旁，鋪上一塊止尿墊，再將報紙攤平其上。我叮囑印尼小姐，往後，在此訓練狗的定點排泄。葡萄，巧克力，咖啡豆，鹽等禁食物，我手抄於紙，標明注音後遞給她。

平時，我負責兩週一次的犬食採購。為了與秋秋桑親暱，每次採買完，我會在不同壁櫥內各藏幾瓶昂貴肉罐。餘下的普通乾糧，我請印尼小姐每日酌量配予。前往嬤家探狗之日，我便偷偷掀起櫥蓋，開一盒肉罐，將那凍狀晶瑩拌至秋秋桑的碗裡。為防肉味四溢，我拉開落地窗，大量噴灑室內芳香劑，並將空罐帶至街上回收。

攜犬接種疫苗，同樣由我負責。從領養當日算起，每隔三至四週須施打一劑驅寄生蟲的藥。外出看診的日子，在牠脖子上繫緊項鍊，再將圈繩纏握掌內，我把秋秋桑放在成人大腿半高，圓形把手，淡藍，粗格開孔式的洗衣籃裡。

初診當日，診間，銀色反光術檯上，秋秋桑垂眼，耷耳，任醫生從後肢導入藥劑。牠不吠，只在針尖戳入肌肉時，震了一下。正如前日，我用寵物指甲剪替牠修爪，裁去一角，血從缺口泌湧而出時，牠的反應。這麼乖的狗，很少見。醫生說。我點頭，得意地用指尖搔撓那團，皮上彷如湘繡烏金掐絲的，我的，犬。

提著洗衣籃返嬤家時，正值晚餐時間，嬤全神貫注，配合印尼小姐一調羹一調羹的節奏，咀嚼，吞嚥。我蹲踞落地窗前，將上午遺下的犬泄用報紙對折，打包。洗完手，我坐在嬤的身旁，秋秋桑慵慵地趴著。為了犒賞牠，趁印尼小姐在房裡講電話空檔，我從櫥櫃裡拿出肉罐備食，秋秋桑卻不為所動，頭也不抬。我疑心地四處張望，最後在回收桶裡發現數只扁壓的肉罐。

母親說，秋秋桑黏人得緊。清晨五點，牠會靜立房前，等嬤與印尼小姐起床。平常若非纏著印尼小姐，就是耗在嬤的腳邊。嬤似乎對這隻不吠不鬧的狗，特有感情。母親說。我知道，連怕狗的母親，也與秋秋桑熟絡了，她探視嬤時，未進門，秋秋桑便佇足等候。牠會先保持幾公分安全距離，待母親摸摸牠，給予口頭獎勵後，才歡快地奔回蓬軟的起居墊休憩。

我感到強烈的妒忌，與憤怒。秋秋桑終究背棄了我，消融在對折面的母系。

於是我遞減前往嬤家的次數。乾糧採購，改由網路宅配，唯有在飼主手冊上畫線的疫苗接種日，才露臉。

最後一劑八合一施打日，天色濃陰。我推門，混沌光影裡，只見嬤伸長了手，滯空，從指尖慢慢搓撒碎絮，底下，是搖頭擺尾的秋秋桑。我上前，發現遍地魚屑與果凍狀的罐頭塊，旋椅另端，擺了數條烹好的水煮肉。我從嬤手中奪去食物和餐盤，對她大聲咆哮。她不語，用混濁的眼望著秋秋桑。床外下起雨了，未將秋秋桑扣上頸鏈，我把牠用力塞進洗衣籃裡，乘車而去。

薑黃色的街燈在水霧中濛亮。診所前，我付了車資，打開門，秋秋桑便一躍而下，往迤邐的車流中奔去。機車呼嘯而過，牠的身子，飛起，在深海雨景中畫了一彎極低的拋物線後，墜地。紅燈，我上前將牠一把抱起。秋秋桑的脖子，軟軟的，垂在我的左臂，嘴微啟，邊緣流淌藻綠黏液。我佇立路中數秒，渾身溼淋，所有車體如遇礁石般，在我面前，緩慢，分支流去。

兩個禮拜後，寵物診所的醫生遞給我一只粉色，廉價茶罐似的可分解容器，裡頭裝了秋秋桑的骨灰。那夜，我央求母親，伴我至公園埋葬。家中缺乏花事用具，母親挑了一把長刀與兩雙乳膠手套。挑選園裡多樹庇蔭的一塊地，我一刀刀刺劙著，母親則戴上手套，深掘我剛刨好的洞。

如是機械式的三十分鐘，如此沉默。我的心情，卻異常平靜。

我與嬤，可能是同種人。埋下灰罈，抹上最後一盅土時，我對母親說。

——原載於二〇一九年五月十六日《聯合報・副刊》

輯二——青花

細葛含風軟，香羅疊雪輕。
——杜甫〈端午日賜衣〉

獨遣者

獨身的母親，在開設骨董店「風葛雪羅」前，曾分租友人的商家一隅，販進口服飾。店面位師範大學後方，專售瓷偶，燭臺，音樂盒等小型生活擺飾。大片落地窗隔了街上的熙來攘往。全店呈長方形，不分時節，滿盈橘黃色的人造光。

母親租處居左，十坪不到，擺了兩組玻璃面，金屬架，與木腳組製的掛衣桿。一張權充櫃檯的深漆木桌，加上妝了綠布幔的試衣間，至多僅容五人挑裳。

那時，我初讀小學，平日下課，便趴在櫃檯寫功課，看漫畫。若瞧人潮漸壅，我會機靈地跳下椅子，鑽往店的另一方。

老闆是對年輕夫婦，無子嗣。男老闆待我極好，我左出右進，在擺滿釉繪器皿的桌上恣意把玩，或在大桌底，玩著一個人的躲貓貓。櫃裡擺了復古電視，鮮少人潮的午後，有時男老闆裝上紅白機，陪我打遊戲。

長方體，象牙色底，磚紅飾，兩支線各連手控器。赭紅手控器，極簡設計，移動鍵居左，功能AB鍵居右。男老闆在對戰前，會慎重其事地，將卡帶栓進讀取槽。他盤腿坐地，我則搬張小圓凳，與之併肩。男老闆鍾情「赤色要塞」。他駕綠吉普車，馳騁沙漠，草皮，對敵軍連擊黃亮槍點，擲長射砲。我開的橙車癡癡尾隨，唯有碰上防堵通道的巨石像，鐵閘門時，四周圓敵，我才能鼓起勇氣按下射擊鍵。若遭襲，我脫隊，慌忙擺弄移動鍵，找尋掩蔽。

攻擊啊。攻擊啊。男老闆氣急敗壞地喊，邊說，邊將綠吉普掉頭，殲滅繞我車旁的兵。

其後關卡，敵軍砲火密如夏季暴雨。我的手指，無法在戰地畫出流暢的逃亡路徑。總是轟一聲，烈火炸，車炙成炭。此時，男老闆便會按下暫停鍵，重啟遊戲。

別管我，繼續玩啊。我嚷著。

不行，所謂雙人遊戲，就是要兩人同時脫身。男老闆說。

同時緊繃背脊，打直腰桿，一大一小的身子，隨車體閃躲方向，左右晃移。有時客人上門，見我倆專注神情，常讚嘆道：好一對父子。

我不做聲，轉頭偷看後方母親在如織女客間，時而在存貨裡翻掏，時而結帳的忙碌身影。我將貼靠男老闆的肩膀，捱得更近。

日久，男老闆甚至偷偷帶我上鄰巷的電玩場打遊戲。灰濛的深色玻璃門自動開啟，裡頭，是璀璨的，柏青哥彈珠零碎落下的音。空氣瀰漫著菸草，冷氣，還有冰涼啤酒的苦澀味。櫃檯人員對我投以懷疑目光。男老闆堆上笑，捏捏我的臉，說：自己人，不打緊。

大臺遊戲機操作繁雜，特效兇猛，我不敢獨自玩。我們將紙鈔換成銅板，匡噹匡噹投進。男老闆將我抱於腿上。他喜歡燃著菸，打賽車。他執方向盤的手橫過我的頭。我的背緊貼他的胸。我能感受他急轉彎，或煞車時的心跳，與呼吸。

母親不喜歡我緊黏男老闆，當我執意前往店的另一端玩耍時，她會假以辭色說：這不是我們自己家，要懂得看人臉色。

原來母親指的，是女老闆。女老闆一頭短髮俐落，平日坐鎮櫃檯時表情嚴肅，身形比男老闆還高半個頭。她原待我客氣，偶爾請我食甜品，涼水。但自從我膩上男老闆後，她抹去了原本就少見的笑，換上冷冷的眼睛。

當我們在店裡玩得上手時，她會刻意清喉嚨，對男老闆說：時間晚了，別人家的小孩要吃飯的。

為避免掃興，我們索性直衝電玩場待兩三小時。闖關成功時，男老闆會不自主地抖動雙腿，我坐其上，咯咯笑，身子上下顛簸，自覺像馴馬師。

不料一日，女老闆衝入電玩場，見狀，直指男老闆的臉，惡狠狠說：你倒是會幫忙帶別人家的小孩啊，不事生產的東西。

其後數月，我們鮮少互動。

幾個女老闆外出的午後，趁母親不注意，我悄悄溜到男老闆跟前，央求他陪。男老闆面無表情地接上紅白機。他換了卡帶，讓我獨自玩超級馬力歐。跳躍，撞磚，芥末黃的小人穿梭在水管，樹塔，城堡與地底迷宮裡。我仍怯怯地，在攻擊與防守間猶豫，不斷被迎面的惡菰與滑殼龜撞個正著。我抬頭求援，只見男老闆漠然步向外街。我隔著落地窗，看他點菸，將頭刻意撇向遠方。

細小細小的恨，像篝火嗶嗶剝剝悶燒著。男老闆食言了，毅然脫身說好的雙人遊戲。

怨懟的日子裡，母親為我買了可攜式掌上遊戲機。

我蹲踞在母親的販衣處，廢寢忘食，沉浸於 Game boy 的世界。我迷上格鬥遊戲。發現，原來攻擊需要想像，想像每道槍彈，鎚擊，準確落實在所憎之人身上。

原來想像那遺棄我的生父，男老闆，想像善嫉的女老闆。完美攻擊，便不再艱鉅。

——原載於《幼獅文藝》第七八九期

當我成為靜物並且永遠

母親為她的複合式骨董店，取了典雅的名，風葛雪羅，招牌豆沙色底，框了深紫邊。店裡明亮寬敞，物品在不同角落各自嘆息，舊皮箱，酸枝太師椅，燈具，垂掛深色銅鎖片的櫃，老玉。左側依牆掛著母親每季前往香港挑選的衣。

店隔兩室，正店於前，盥洗間與我的休息室於後。我在房裡，把自己壓得很靜，看書，塗鴉，打電玩。物質面母親從不虧待我，模型，芭比，電玩卡帶，每期最新的港漫畫報，她熱中將我扮成紳士，超齡。櫥內，母親於皇后大道中連卡佛百貨為我選的各式衣物彼此捱貼沉眠，記憶最深，小學時她為我買了兩件博柏利馬球衫，鮮黃，嫩綠，搭偏黑的深藍短褲。成熟，獨立，母親要求我的，我盡力。我也知道，無父者得學習在物質裡化埃沉寂，不叨擾在正店招呼客人的母親。好長的午後，躺在過硬木板床上假寐，或用彩筆畫滿四面隔牆，我望著霧玻璃的窗，想出去。

母親總做中性打扮，髮微鬈，沿頭型削薄服貼，寬鬆不一的長褲，純絲上衣，秋香色，墨綠，或深淺的褐。深夜，鐵門半捲，燭光晃影，應酬男骨董商們，母親舉杯豪飲，褲裝短髮的她將自己武裝成男性，再周旋於男性。我躲著，從後室窺她傾首，將嘔物灑入腳邊的寬口瓶。我把自己壓得很靜，在房裡替她照料隔日要盛在琉璃瓶裡擺設的香水百合，我學母親，仔細將裹毛絨花粉的雄蕊群一一剪除，殆盡。少了雄蕊的花，特別長壽，母親說。

偶爾，她攜我，在午夜開乘英式迷你奧斯汀訪客送貨。我坐副駕駛座良久，直到月色偏了頭。搬運工在後方租借貨車扛卸器具，我望著對不同買主微笑的母親，她的大墊肩在路光下，像雙鬱悶的八字眉塌在肩上，我將安全帶緊繫，不動。某天同樣深夜，車駛入內湖社區，唯一一次，她伸手解開我的安全帶，替我調整衣領，囑我下車站她身旁。開門的是張信哲，虎牙，白襯衫乾淨，他的人和歌聲一樣舒服客氣。微笑點頭，我放開母親的手恍惚地在玄關大廳晃。首次進入成年男性生活領域，我的眼試圖捉捕細節，每樣物品裡藏匿的感情，白牆，成套黑色中式原木家具，許多披掛椅子上的杜嘉班納上衣。搬運工在我身後抬卸骨董櫃，母親嫌我礙事，令我到門外花園等。步入黑夜，打開車門，我為自己拉上安全帶。

單身男子坐擁的華服，古物，極簡擺設勾勒出的深影線條從此根植腦海。那是富有與愜意的寫照了，我深信。

養尊處優，像大而厚實的傘，屏罩著母親前半生，傘若有色，想必是淺緋紅，摻著時間的灰。來不及參與的歷史切面，年幼，我纏她睡前複述伴她成長的事物，想像那些離我極遠的時光遺片。外公的三件式全白西裝，四〇年代自用三輪車，或她偷聽白毛女樣板戲的越洋收音器。為什麼嫁給父親的？我問。他對我無微不至，母親說。原來不是愛，年幼的我在心底疑惑。或許，愛若形色，將更趨於淺緋紅摻著灰，而絕非先前想的血豔濃烈。

緋紅，血豔，終究宿命的血。

偶聞惡露一詞，原來，產後的碎片，脫膜，無盡分泌物，疲憊，終匯成數日暗血棕血，在嬰兒剝離後，無法抑止地湧出。我心裡反覆臨摹一幅如美術課本裡馬蒂斯的赤色裸人圈舞圖。湛藍基底，我，母親，父親三人執手，環圓共舞，身上疏通著無數細小牽連管線。初始，父母親的體液繾綣予胚胎期的我，而我誕生所引來的膿炎臭血，則從母親的子宮壁，連接，注入父親腦中。母親的惡露，拴在父親腦血管壁，凝結。我出生那年，他頭痛劇烈，入開刀房清血塊，父親便再也沒回來。我們的圈再也沒有圓過。我說他死了。或是，他回來了，只是套句大家的話，瘋了。或是母親說的，急性精神分裂。

與瘋了的父親，少有接觸，我出生後父親便赴美求學，直至我五歲那年返家。母親總將我放在隔壁房裡，對父親的印象，好像總是聲音，嘶吼，咆哮，連著母親的啜泣。我在房間暗裡望窗，隔壁大樓的洗石牆阻礙視線，看不到的遠。某日晚餐，我坐幼兒餐椅，套白而綿的圍兜，飽食，晃腳，母親在旁。父親在飯後烤吐司，他好高，一米八，像進口玉米罐頭上的巨人圖，他用銀色餐刀，抹上一層奶油，一層果醬，香氣搔鼻，我伸手，要父親幫我烤吐司。父親說，剛吃飽，你吃不下的。我歪身吵，父親用冷峻眼神瞪著，遞給我吐司。咬幾口，我說，吃不下啊，好撐。父親摔了椅子衝到面前，龐然身影罩籠著我，他單手勒我頸，另隻手抓起盤裡的吐司，死命地往我嘴裡擠，塞，我無法呼吸，雙腿擺空中，滿臉淚。母親尖叫出手，接著混亂的光，影，肢體，餐具，顛倒四散的餐廳景象跑馬旋轉腦際。

再回神，五歲的我在房間，再回神，七歲，父親走了，永久移民，母親在友人店面下分租，開了第一間服飾店，隨後自立門戶，風葛雪羅，我的房間裡，堆滿越來越多玩具。母親也著迷地在正店擺設越來越多的久遠時間物件。

風葛雪羅創店初始，母親曾准我在她視線範圍外出遊戲。對巷附屬停車場地下彎口，粉藕細磚花檯，相同材質步道，我上下梭竄跑跳，切換角色，幻想參與著群體遊戲。

短暫外遊時光，曾有一名玩伴。風葛雪羅左側，雙拼華廈灰磚騎樓下，數支羅馬圓柱挺拔。華廈再左，一深灰門珠寶店，前有迷你庭院，蒔草妝石。長形櫥窗，裡頭擱置純白斷頸，斷臂，上頭披掛翡翠，各色珠蚌或切割精美的鑽。我的玩伴，便是珠寶店女主人的獨子。

男孩常朝我觀望。他小我一歲，身子卻比我高，頭形圓而飽滿，瀏海齊眉，九歲的他拖著長長的鼻涕口水，他的母親總在他上衣口袋塞上一條折疊整齊的手巾。他邀我進珠寶店裡他的房間。成堆的玩具，電動，他對我笑。我想，我們是同路人了。

他是人們說的，智力發展遲緩的孩子。他會對他母親尖叫，摔玩具，沒來由的，但與我共處時光，卻乖順異常。我叫他跑，他跑。我叫他停，他停。我在羅馬柱隙縫間，用力捶撞，揉擠他肉體各處，他一逕地笑。他拿最昂貴，心愛的玩具給我，我將玩具刻意擲地，好奇他的反應。他仍拖著長長鼻涕，眼角帶笑。原來人能像物品般被恣意使用，我想。當我心情好的時候，我會抽起他上衣口袋裡的手巾，替他擦臉。

一個雨後烈陽天，我在花槿爬上鑽下，等待玩伴。粉藕磚面沁水溼滑，我踩空摔落，後腦撞倒花槿尖角，耳稍聽見，咚，石子沉墜湖底迴音。眼前切入整片白，安靜，恬美。未及感受痛楚，我伸手往後腦探。回神，卻見右手浸滿紅扶桑色澤。

入店時，我說我受傷，不小心的。母親衝入盥洗室搜刮所有乾淨毛巾，她在水龍頭下仔細清洗傷口，再命我用乾毛巾按壓其上。母親拉下鐵門，開車奔往最近醫院急診，我雙眼視前，沿路滿載的樹，光。血從布與指縫間滲出。她責罵我，沿路哭，喃喃自語，祈禱我不會摔裂成另一個父親。

半身麻醉的我癱在臺上，醫生先用剃刀將傷處周圍髮絲剔去。深能見骨了，醫生說。母親站後方看醫生處理我後腦勺上的紅血黃膿，深灰頭骨，她在傷口縫合前，閉上了眼。醫生拿銼刀，刮除乾涸油畫顏料般，在我頭骨上刨，削。好癢。頭骨如何牽連神經呢？我猜不透。止血，針縫與斷層掃描後，我被綁在另一張床上準備核磁共振攝影。我在一個房間，母親與醫生在另一個，透明玻璃罩區隔了彼此，我好怕這就是永遠。在讓陌生的磁氣與光穿梭，切割我的身軀前，我違抗醫生的建議，睜開了雙眼。

復原期不能閱讀，不能觀影，不能哭，不能笑，不能有任何強烈情緒。我進食，熟睡，站立，讓自己像一個物件般無有悲喜。好不容易拆線了，母親卻禁止我外出。我在店的後進，偷看昔日玩伴，拖著長長的鼻涕，在門口等。他開始哭喊，不斷將手印拍打在落地窗上，一個疊一個，最後掛在窗上的，是他難以辨認的臉，如受晨霧遮礙。我母親在掌櫃桌前撥了電話，霧裡，飄出他的母親，她拖著我的玩伴走遠了。此後，我再也沒有在花檯上看過他。

禁錮許久，一個平凡週間深夜，打烊前，我趴在店裡的明式掌櫃桌上，手指報紙底部切欄廣告，對母親說，帶我去。那是一座新建的白堊期主題樂園，各式走獸奔馳飛行，站立。我想去，我說。我猜那時我臉上乾涸缺氧的神情終於動搖母親。母親允諾。

兩個禮拜的等待。母親的英式迷你奧斯汀，純白烤漆鑲銀線，整座車身反光在盛夏烈陽底，像座自體燃燒的行星。好熱，老爺車冷氣送著霉味，吃力運轉。窗外，隨風揚起的塵，還有缺水，枯萎的沙漠植物不斷後移。好遠啊，我說。轉頭，我發現不太習慣見著白天的母親，她一手打方向盤，一手查閱平放腿上的郊區地圖，沒回話。汗大把滲進絲質衫，母親的胸口後背上爬著荷葉型的跡，那日她難得穿及膝百褶裙，輕而立體，爍著印壓的金。

拐了無數的彎，上坡入山，夕照底隱士園區現跡。下車，塵土紛飛漫天，母親戴上墨鏡，我奔跑，張看，盡是碎石枯草，徒剩兩隻吊了孤長頸的草食腕龍被遺棄著，沒有樂園。母親在黃草皮上，發現一塊白漆木板，刻寫房市銷售標語，原來，所有的史前遐想，純屬建商策略。整日的徒勞，太陽在我身後死了，母親狠狠抓著我的手，再開好長的路返家。後來我明白，所有遠行，最終必須回歸，那堆滿物品的後方房間。

——時報文學獎散文組首獎，原載於二〇一九年一月十四至十五日《中國時報．人間副刊》

神哀圖

總是週末，母親攜幼小的我行經住家巷子，穿越橋下假日花市，過街，拜訪她的中盤商。

骨董店麕集的街，各家專精有別。主攻奇石翡翠者有，擅辨字畫者有，更多屬斷代式收藏家。游手的店坐落巷弄裡，佔坪不小的空間內，除了一般明清家具，游手善於嫁接屬性迥異物件。交趾燒，奇特造型磚瓦，拆解後的木門鄰著洋裁縫機與留聲器。民初梳妝檯上，則散著日式，中式花盆器皿。我們得從門口彎繞一番，才能抵達他的朱漆木質辦公桌。

游手比母親大，四十末，濃眉，留一口灰雜的鬍與同色馬尾辮。他老啣根菸斗，將燃火機頻靠塞滿乾絲的槽，燒，焦煙捲雲繚繞。游手拖了魚尾紋的眼，瞇成線，藏在銀框眼鏡後。桌前的紅木群凳，總散坐數名與他面貌相近的男子，母親的短髮與中性打扮混跡其內，有時猛看，便糊了性別。他們喝茶，喫菸，經常是游手蹭了寶，致電，同來選貨的熟客。

母親待我總是威嚴多於柔憐。她將我放置在邊緣座位，遞給我幾張紙，筆，便轉身與男子們攀談。大家手上傳閱的新貨，用木盒或層疊棉布仔細包裹。他們打開，闔起。打開，闔起。游手主講，母親偶爾搭腔，她冷銳的眼，時而化成一灘糖水。甜甜，黏黏。我低頭，拿母親給我的色筆，在紙上塗抹，不發一語。

我喜歡畫畫，不著邊際的。

未能嫻熟色彩時，我便拖著矮身，晃步，佇足於母親為我預留的空房前。

木質白門上，浮刻四對滾邊長矩。我手裡握著鍾愛的白堊獸型貼紙。先用指甲尖褪下一層層淡螢光澤的膜，再將獸貼一掌掌拓於門面。日久，白門上，密布著顯生宙的物種行跡。

當細罅無法容納過盛的填補慾念，我拾筆，在貼紙與貼紙間，畫下一條條帶圈拖鉤的原始壁畫。母親見狀，竟無責備。她靜靜托捧我的腋，或挪張椅子供我攀高作畫。

她買了許多造型簡單，鑲印粗黑線描邊圖。花卉，獸物，人偶。黑線與黑線隔出的空白面積，或大或小，可自由著色。我卻怎樣都無法將色筆緊收黑線邊內。所有色線出格，不斷從應屬的底界，逃逸。母親拿起畫作，端詳色線參差的頁面，再回望擁擠著貼紙與線的扉。往後，她遞給我一張張白紙，讓我自由創作。

繪圖令人安靜，像母親與中盤商寒暄時刻，我畫著怪奇人偶，在豔麗色澤的草原，日月同空，有獸，有尖刀似的光，有星墜。我偶爾抬頭，想瞧大人們手裡傳遞的物件，但他們聚攏，微駝的背，圍成一座嚴實的牆。我只能簌簌晃動色筆，張耳，諦聽細碎的，關於物件的迷離身世。

游手的貨，部分來自正當買賣，些許由大陸人士盜運來臺。或有時，他組織幾名男子，開貨車沿省道空屋突擊。他們挑日據時遺下的釉瓦木造房。必是凌晨，翻過倒插褐色碎璃的圍牆，他們劃開手電筒，再七手八腳地用防水布，蓋鋼琴用的黑紅絨布與麻繩，綑綁所有物品。

他們搬運，匿寶於庫房。待數月風聲漸息，游手才邀約下游客戶參訪。若被警方盯上，每隔幾週他們再馱著黑夜，拎著腳跟，將贓物轉寄在不同的工作室。

或有午後，游手與眼線，開著貨櫃車蜿蜒遠鄉田埂小徑。他們各自挑選門面已舊的三合院，四合院，請年邁，記憶朦朧的屋主喫菸。他們飲酒，在藤編涼椅上翹腳，對著稻埕，與屋主耗上一整片黃澄時光。其目的，不外在談吐間，安插欲以低價收購某祖傳家飾之請。夕靄下，趕集似的，他們撐著醉醺，酡紅的臉，將原先空蕩的車腹填滿古物後，洄游上北。

母親對自家骨董店風葛雪羅的貨源嚴格把關。游手知曉母親性格，倒也依著她。探貨往返間，總為她揀些家世清白之品。一日，母親從別處購得兩款老紫檀料，明末清初產，百七十公分貴妃床，與同尺寸雲紋四聯櫃。母親請游手來店估價。游手進門，直說兩件皆盜自遠城。

游手點菸，悠悠解說是年拍賣會上，相似體積老紫檀，成交價近三百萬港幣。母親難寢數日，最後，是他拍胸擔保，將贓品物歸原主，這才舒了她深蹙的眉。

一次，母親在游手店裡喚上我，託我選貨。我挑了尊木質臥佛，五官雕刻，衣飾線條柔緩，極簡。佛身因年代久遠，斑駁至深淺不一的岩褐，炭灰。沿軀平伸的左臂已斷，腳掌遭截。風蝕囓痕，顯於左臉。但佛雙目低垂，唇角笑淺。

這尊佛有我眼緣。我學舌行家語調。游手與男子們笑得淚流滿面，母親把臉別向窗外。我尷尬地將頭埋入紙堆。

以為臥佛將入主自家書房，母親卻將之陳列於風葛雪羅的後方矮櫃。母親隨意轉賣我的禮物，這想法彎繞腦海。母親見我絕食抗議，她才允諾，臥佛僅供展示，絕不販售。

將佛帶回家。我要求。她蹲下身，用手撥攏我鬈潤的髮。

總要給游手哥做面子的，不是嗎？她學他瞇眼說。

或許為了補償，假日參訪游手店後，幾次，她牽我步入橋下的古玩市集。攤販們各自為政，攤開亮色布匹，鮮綠豔紅的塑膠籃內，盛擺或玉或器。母親任我在幾攤兜售宗教物品的攤販挑選佛像。我挑了舊象牙色觀音一尊。印章大，朱色木哪吒一只。還有同尺寸，盤坐姿，鍍了銅的千手佛母。

母親將觀音，哪吒與佛母納入餐廳白矮櫃。

過往，我於母親臥房勤畫各式人偶。用剪刀沿邊裁下，再依角色個性設計絢爛光炸，爆烈紋路，其專屬絕技。我手裡輪流人物與混彩雲暈，讓紙偶們彼此廝殺。購佛三尊後，趁母親休憩或煮食，我捧著層疊紙片，悄悄開啟櫃板。我將三佛環繞身旁，與紙偶行殊死戰。將紙偶平壓神像底部，我一手施力摁壓佛座，另手撕開一具具紙偶的頭，四肢，頸。最後，將各式紙片彩雲，連著毛邊的畫偶斷肢拋撒於空。我盤坐，咯咯笑，在初雪墜落的靜止畫面裡。

日久，紙吹遊戲無法帶來滿足。我開啟了神的戰爭。

雙手各持一佛。干戈。哪吒朝佛母砲擊，我將彈珠大力砸於佛母身。佛母哮令軍隊反攻，我側身，抽出樂高車碾壓哪吒朱紅漆身。一個強光過曝之午，我邊思索戰略，邊輕晃手裡舊象牙色的觀音。觀音之首倏地沿頸斷裂。佛頭一路滾滑，至櫥櫃底。

母親正巧從書房步出，見狀，臉色刷白。她衝上前推了我的肩，並命我即刻尋桿打撈。以臉貼地，我使勁把長桿往黑裡戳，最後碰著了，謹慎將佛頭滾出。母親撣淨沾上的灰，再用三秒膠黏回佛首。

是日傍晚，母親令我跪於神龕前。她在我面前攤開一本本經卷。毀壞三寶者，必墮無間地獄，千萬億劫求出無期。她要我一個字一個字唸。心經，大悲咒，往生淨土咒，各誦數遍後迴向，最後行懺悔咒。憑注音辨識的艱難字體，在逐暗的天光裡載浮載沉。我想瞌睡，膝蓋卻發疼難忍。母親在我腳下墊上蒲團，命我磕頭。我把前額一次又一次撞於地板，直至紅腫。

那週末，我們沒拜訪游手的店，沒逛橋下的市集。母親拉我入附近書店數間。面公園的老舊洗石子建物，店家皆處二樓，我們迴旋上一座座階，開門，撲鼻而來卻是同樣的檀香味。原來訪處皆是精舍，或專印佛典的出版公司。

母親要我思佛贖罪。她從架上抽起兒童易讀，講述老莊哲學或禪宗思想的漫畫。裡頭清一色仙人僧道，佛陀經辯。我隨意從底架抽取一血紅封面繪本，要母親一併結帳。

她將書籍分別置放家中，與風葛雪羅後進，我的休憩區。每日放課，謄完作業，母親便要我坐桌前讀誦漫畫佛典。她不定時進休息室檢查。我隨意擺弄頁面，只求儘快閱盡購書。無數公案滑過我的唇齒，滑過我的眼，卻未留下深刻印象。最後剩餘我自選的血色封套繪本。正方硬殼精裝，豔紅背景上，有一金身佛座，旁側正楷字標寫，地藏王菩薩。

我想，必是同樣釋道書籍。

不料，翻開後映入眼簾的，是一幅幅跨頁地獄品。

無毒攜女，浮於大鐵圍山西面第一重海。汪洋裡，滿是無數伸長，枯荷莖似的手，溼漉飄散的髮，與一張張求出無期，聲嘶力竭的臉。蛟身麟首之獸，泅泳一旁，伺機撕咬無力逃脫者。血，從斷肢四溢，渲染整座海域。

隨後，是拔舌，糞尿，火床，剝皮地獄。銅鐵石火化為各式刑具，凌遲痀僂，凸腹，骨瘦如柴的罪人無數。

我怔怔闔上繪本，一獄景卻深烙腦海，揮之不去。我拿起色筆，在休憩區粉藕色的牆上，臨摹寒冰。

我選灰銀，水藍，描繪衣著襤褸者，行於漶漫雪景中。再用暗紫勾勒出冰封壁岩底，一具具凍結屍首。他們凝結成琥珀裡，珍奇蟲虫般的扭曲。最後以墨黑，點綴數名小人，艱難地踩過一張張，凝結於冰面下的臉。

每創作一具殘缺肉身，一抹邪獸，我的臂上，便爬滿細細癢癢的點。像火蟻以箝刺膚，並由傷處注入酸液。疼與癢交疊，從臂穿心，上攻腦幹，蠶食殼裡的瓊漿玉液。蟻群噬食所有記憶與擔憂，啃食掉母親，啃食我。我的腦室裡，空蕩一片，積雪似的白。無憂，純潔。

數日廢寢忘食，用罄整排水藍色系筆，我改繪他方獄景。火紅湯焰，鐵褐色巨盆，螻狀小人成排站於山崖，依序墜入滾沸油鍋中。雞塊似的金黃，是油炸後的灼，是頭，是手。火蟻爬滿我的鼻腔，從咽喉沿上顎行，從雙唇傾巢而出。母親凝視我著魔的背影，喊了我。她想說什麼，卻把話嚥了下去。

我解釋，這是本願經所描述之景呢。她沉下臉，退了出去。

游手一日站於休憩室前，母親居後。他瞟畫後吹了口哨，隨即轉頭，向母親稱讚我具藝術天分。他從布包掏出幾本書，扔到我的桌上。

游手所贈，均屬港臺知名漫畫家作品。馬榮成的《風雲》，鄭問的《阿鼻劍》，麥人杰的《天才超人頑皮鬼》。母親並不鼓勵我看一般漫畫。太多成人議題。她說。如今我停下畫筆，不再延續未竟的地獄品，任自己墜入一段段複雜，離奇的敘述皺褶。讓水墨痕，沾水筆勾出的線，爬牆虎般蔓生，遮掩我鬼火似的慾。

我嚷著要成為漫畫家，要母親為我添購所需用具。母親帶我前往離店不遠，某商辦地下室，一漫畫專用品店。我為自己買了幾隻細圓錐形的木桿沾水筆，粗細不同，做點畫效果的針筆些許，與幾款基本樣式網點。我還想要標價近萬的透明方盒。那備燈，附壓克力隔板的透寫臺。母親請風葛雪羅的木工師傅為我訂製。

放課後，返回母親的店，我便一溜煙鑽回房，畫漫畫。她見我不再毀壞佛具，繪製地獄景，倒也鬆了口氣。

手邊幾本游手所贈之書翻得爛熟後，我向母親索取零用金，繞至巷口書店。除了隔週出的港漫，我還蒐購日式單行本與臺灣週刊連載。回房，我依樣以黑白兩色作畫，卻無法編製完整單一時序的故事。我只能在方格裡，用無精打采的顏色，填上無精打采的表情。

一日，游手來訪。他訝異於我的成套工具與收藏，隨意翻閱幾張圖後，他問我是否想做漫畫家？我點頭。他一把拉起我的臂膀，示意我起身隨行。母親於正店招呼客人，見游手牽我往外，急忙停下雜務，出門喊人。

去酒吧。游手頭也不回道。我抬頭望，下午陽光鎏金似的抹在他的馬尾上，那色澤，一如佛像上的銅鍍，瑚金。他們還有著同樣的低垂雙眼。

我們拐繞數條巷弄。最後，他帶我走入一擠窄的水泥地下室。他推開沉重的門，昏暗內裡，煙霧瀰漫的長甬道，堆擠許多無法看清面容的人。交談聲，背景襯了爵士樂。室內唯一燈源，是木質吧檯上方，三角錐罩摀著的復古鎢絲燈，橘而細黃。一名紮了濃馬尾的黑西裝男子，側坐，面前擺了裝著鑿冰與酒的威士忌杯。

他從茂如馬鬃的落腮鬍中，緩緩吐出煙圈。

這位是麥人杰。游手把我擠到麥的跟前，說。他向麥洩露了我的志願。麥掛著好看卻愁傷的笑。瓷白肌膚上浮著暖暖的，古銅色的光。他不語，從口袋掏了筆，抽出底下的威士忌杯墊。麥在那尚未溼濡的白圓圈上，完成了簡易自畫像，並附上簽名。圓圈裡的長髮偶，堆著比真人更燦爛的笑。我低聲道謝，游手送我出門。漫畫家與他的威士忌，緩緩消失在沉暗的地下室。

母親久候骨董店前，神色凝重。我身上仍溼答答沾黏菸味，與爵士樂。

游手揉了母親的肩。

是男人，就該大膽，見世面。他說。並把眼睛瞇成一條水平線。我看到水線下抖動的魚尾，還有母親原本僵直的臉，再度軟成糖水的甜。

我記著了游手的話。

風葛雪羅無聘工讀生，正職人員。店面所有事宜，皆由母親打點。我偶爾坐鎮掌櫃桌前，替她顧店。在她勤跑銀行郵局，購買餐飯時，她喚上我，要我留意來客。母親裝了是日營業額的信封，躺在掌櫃桌左側的櫥窗暗櫃。趁她缺席時，我拿錢，最初，小金額，銅板六、七十元。剛好一單行本價格。再來伸向百元鈔。待母親返店，我將紙鈔緊捏於拳，喘吁跑至書店。老闆找的零碎銅板，我依幣值大小疊成圓柱，學母親藏在起居間的抽屜裡。

也有拿千元大鈔時。只是老闆會神色不耐地拿起小光筆，仔細檢驗。

深夜收店盤點，母親有時發現金額短缺。她不帶情緒地望向我。我掛上老成，得意的臉，她卻什麼話也沒說。

關鍵字。大膽，無畏。

小學體育服，寶藍棉質褲，腰纏鬆緊帶。趁老闆不注意，我別過身，拉開褲口，將漫畫平夾肚腹與私處間。當書的塑膠封套緊貼腹部，頓時，鑽爬熟悉的紅蟻齧咬的點。癢癢的，我好眷戀。

每週慣取一書，日久，腹部酥麻感劇減。我追加書目，方覺火蟻重返膚面。最後，時間隔距呈倍數縮短，竊盜書本呈倍數增加，直至褲頭鬆緊帶無法負荷。我套上預先準備的外套，將盜本藏塞前襟，拉上拉鍊，頓時彷如簇擁群蜂，震翅作響。我不動，讓痛與癢擴散，蔓延。任狂蜂吸吮時間。

人贓俱獲被逮著。老闆揚言將我移送法辦。母親獲電趕至現場。我等著母親對我刮目相看，賞予一絲，或些微的眼神讚許。她卻在眾人面前扯下我的外套拉鍊，與褲口。數本漫畫應聲而落，我的白內褲上低壓著長長沉默。我看到母親的眼梢，滾滑出淚。

母親抖顫，用沾滿溼氣的嗓，說她無能，單親家庭沒把孩子教好，是她的不對。她當著老闆的面，不斷鞠躬，眼淚啪噠啪噠地墜。老闆搖搖頭，最後要我當眾發誓不再行竊，並寫悔過書一千字，用中式紅格直式信紙寫好後，再交給他。

返店，母親蹲下，打開風葛雪羅玻璃門底鎖後，卻按鈕，將鐵門捲了下來。她關掉正店所有燈光。

她扒了我的外套與上衣，要我赤身，跪在後方矮櫃，親選的佛像前。她從皮包裡抽出髮梳，銀齒，尖綴細碎小球的，將其怒擲我背。些後，她緩緩走向我，彎腰拾起，再將尖齒一次又一次往我身上砸，槌。

我的臂上泛起細小紅點。

我抬頭望佛，只覺在偏差的光影下，那嘴角與眼，近似嘲諷。

你為什麼要偷東西？母親高擎髮梳，在我耳邊尖叫。我身上滲出的微小紅點，一點一滴，逆流，直奔腦門。匯成一片血海。

游手也是這樣的。游手也是這樣的。我站起身，發狂似的吼。像震碎了時間。

我忘了母親那天有沒有拉開鐵門，繼續營業。我只記得，那尊臥佛後來被母親請回家。

自此，每至書房取書，作業，當視線不經意掃過臥佛時，我憶起那尊曾殺過的佛。微黃，舊象牙色的觀音，身長兩只幼拳相疊的高。握於掌心，帶有黏滑橡膠感。風紋輕撫薄裟，觀音袒露的胸口，與前額垂皺的布沿，半浮於空。

我憶及那自獄海洶湧而來的懾人邪魅，與那令人眷戀的痛癢。

不過斷頸，終究被母親牢牢修復，補黏。

我憶及那些面容相似的男子們。

因為，我再也沒見過游手了。

——原載於二〇一九年九月三十至十月一日《中國時報．人間副刊》

氤氳時光

年幼時，每晚，慣與母親同寢。

我躺臥房內，淺橙綴花雙人床右側，一塊原屬父親眠睡之地。

我們共享的棉被底，擱淺的肉身上，藏匿近似的印。母親右腿近鼠蹊部，烙有蟬翼薄金色的痕，一只明顯漢字胎記，爽。我的右腿近鼠蹊部，則浮著一片縮小體積，橫躺，淡棕半透明的島嶼圖騰。

總殷殷期盼與母親共浴。

當她較早歇下自營骨董店捲門，無須應酬，且家中少了陌生男子的深夜電話時，我們才一起共浴。母親總先行盥洗，半裸身子的我，赤腳，踟躕門外。三不五時，我叩叩門，輕問：「好了沒啊？好了沒啊？」有時耐不住性子，我踮起腳尖，轉開把手，讓氤氳水氣，從半敞的門縫，緩緩流出。「嗳。再等等啊。」母親的聲音輕輕軟軟，沉析在看不見的水光底。我悄悄關門，半蹲，靜候母親允示。

乳白色系的浴室，鏡面滾著水珠，再疊上層層蒸氣，身處其中，便有失重般恍入雲靄之感。母親從浴缸中起身，無數細小河川，自她圓潤有致的身形滴淌。一座移動的瀑布，一尾毛孔迷散魅惑音符的魚，水漬迤邐，她邊哼曲，邊在洗手臺前塗抹潔面霜。我急入澡缸，待潔身畢，將軟塞堵於缸口。我把蹲坐的小身體使勁朝龍頭出水方向擠，試圖將背後挪出空位，容納母親。

母親以白巾敷額，隨後，以雙掌緊貼浴缸兩側，再緩緩彎腰，屈身。最後她敞開白皙，飽滿的腿，讓我安然地把頭枕在她柔軟的肚腹。
飄蕩。晃移。久久。
在滿盈熱水的池裡，也有時，我轉身面對母親。我們笑鬧，指認彼此身上印記，眉宇間共有的痣，右腿胎記，母親乳房上的血色珠點，我左腕下的黑圓印，母親在看到我肚臍上的痣時，卻會嘆口氣。我問母親為何憂愁。
「這是過水痣呢。」她說，隨後不語。
沉默時，我們打開泡澡罐，讓水柱沖刷增生的瑩亮泡泡爬滿身軀。濃霧裡，母親半仰著，後腦抵牆而寐。我抓起澡缸邊的塑膠玩具，任其浮沉，同時在濃霧的迷障下，偷偷觀察母親。我喜歡她雙乳與腹部垂掛起一道道的微笑，喜歡她平坦的私處，喜歡她白玉羊脂般質地的肌。有時細沫褪去，顯現出她腿間林鬱，在波光蕩漾的折射效果下，像朵纖枝蠕動的海葵體。她的乳尖，溶洞景致般，垂著水滴。我看得出神。直到浴室裡，不再有足夠氧氣呼吸，且滴滴答答，下起從天花板凝結的雨，皮膚滾皺起老人皮，我才會不捨地搖醒她。

若無共浴，我也喜歡趁母親洗澡時，偷偷躲藏被窩裡。我雙手抱腳，緊縮身子，在逐漸濃密的二氧化碳與迷離的意識裡，等待。等母親疲憊地掀開被單時，驚呼：「你怎麼躲在這裡？」我喜歡她手足無措的表情。唯有介於沐浴後與睡前的母親，在溫水與蒸汽的浸染下，稍顯輕鬆。

母親在床頭櫃上，擺置分類而裝的各式錄音帶，漢聲小百科，中國童話，吳姊姊說歷史故事。每夜，母親要我坐在軟絨灰質地毯，聽半卷卡帶。她則獨坐梳妝臺前，就著一盞光，筆記是日流水。直至卡帶磁卷軋盡，矮下的播放鈕，噠一聲，彈起，母親才停筆，走向我。靠坐身旁的她，擁我入懷，她要我每日上床前，完整背誦一首唐詩。我重複母親吟哦出，輕輕細細的賈島，李商隱，一字不漏重複母親的抑揚頓挫。當詞眼出了差池，母親用塑尺彈我掌心，當我朗讀得快速又準確時，母親則會愛憐地揉揉我的髮，將唇稍印於額際。

平躺於床，偶爾，母親要我再述那則童幼見聞，她名為阿賴耶識的回憶。我清晰能見，繾綣雲朵中，我身裹白錦，展一雙飽滿羽翼，飛上飛下，最後停滯於空，俯瞰，當時應是灰瓦矮房的國際學舍領地，已預先展演成一片綠茵，對街，簇新的合作金庫騎樓，許多男女行走其下，母親隱於人群。我左拐右繞，倚雲斜睨，最後一躍，墜入母親的肚腹底。

「為什麼選了我？」母親總反覆提問。

「因為我在天空中挑著，選著。這個太胖了，這個太醜了。最後，我選了妳。因為妳剛剛好。」我理直氣壯地說。

母親曾提及妊娠七月時，她的鼠蹊處與大腿內側靜脈曲張，雙腳浮腫，行住坐臥皆難。同時父親因腦部動靜脈畸形進了手術房，疲於奔波，她只得於加護病房另添病床，每日平躺其上，注射綜合B群以緩下腹疼痛。「懷胎滿九月，醫護人員才敢鬆口祝賀，說總算成功地保住你了。」母親道。

夜深了。

我們熄燈。母親慣用日文道晚安。「お休み。」「お休み。」我們睡去。

當溫度與水氣散盡，月光跌入地平線，母親便在睡眠中，回復了嚴肅，僵硬的表情。若逢週末且無特殊活動時，於我，最是難熬。母親淺眠，平日有時應酬極晚，週末補眠，非要等到正午豔陽蹭過頭頂，她才起身。而我，總於天亮便醒，急著下床玩玩具。然而，我不能輕易動作，驚擾疲憊的母親。一個些微的翻身，或嘆息，母親即醒。

我睜眼，直瞅臥房天花板，床鋪正上位，那只圓形，積了塵埃的鐵絲雕花鏤空燈罩。我依牆上光影的移動，判定太陽相位，推算時間。我聽車聲。我用手指在棉被底下磨磨蹭蹭。就是不能翻身，或發出聲音。母親睡著。我看右側牆面上，掛著那幅缺了席的父親所遺下的作品。B４大小厚紙張，塗抹了四層色彩，由上至下，依序為純白，萎荷，豆沙與嫩磚色。在底層的豆沙與嫩磚間，父親黏上如音符攀爬的標本螃蟹數隻，與幾朵乾燥後的近海褐藻。

母親在旁，發出微微鼾鳴。我睜眼，在被窩裡想著許多問題，重溫許多畫面。

母親帶我去過幾次海灘，開著她的骨董迷你奧斯汀，車裡總A面，B面反覆播放那卷蔡琴翻唱的錄音卡帶。魂縈舊夢，夜上海，恨不相逢未嫁時。我熟記周璇，白光，李香蘭的每句歌詞，卻記不清是否父親曾經同行。我詢問母親，聆聽那些傷懷歌曲，是否想念父親？她卻搖搖頭，回以一抹曖昧的笑。我記得下午的浪花嬉著腳丫子時，母親習慣站得遠些距離，風吹起她的短髮，她兀自凝望湛藍海面時的表情。母親不語。我手拿塑膠鏟，小圓紅桶，獨自在沙灘上挖尋各式珍寶。我將掏來的寄居蟹，沙馬仔與小貝殼盛於圓桶，再舀幾瓢海水。最後背對夕陽，我拉拉母親的短褲下襬，我們在飽滿愁思的懷舊歌聲中，返家。

若海岸屬於遠行，拜訪老爺爺，則為近程之旅。

有時，骨董店打烊後的夜，母親載我探訪舊城區的算命老爺爺。

母親信其爻卦。妊娠一月，老爺爺能判男胎。待出生後批了時辰，便斷言我三歲無父。那年，術後的父親，確實赴美長期休養了。

算命室位公園邊。歸巢的車群，早歇了引擎躺於鐵蒺藜欄外。母親常將迷你奧斯汀暫棲較遠的禁停車區，鄰近泰半是打烊的舊布莊，或霓虹醒目的神祕酒家。斑駁的磚紅日式樓房，拱廊相連，青苔蔓生，幾絡垂墜的慘綠纖草，在路燈下，格外陰森。母親不熄火，餘下冷氣，老歌，與我。

若於近處覓得車位，母親則帶我步入老爺爺的算命室。

民宅一樓的走道極暗，淺黃色的塑膠板，隔出一間間窄房。算命室居左，印象中，母親開門，暗影便迎面而至。老爺爺瘦伶，像條細黑而長的香草莢，被套進一件過大汗衫裡。他僂坐近木桌的凳。斜上是神龕，旁有胭紅神明燈，壇下，則是鋪滿油墨報紙與薄花被的木床。我畏懼老爺爺。他混濁，灰白的盲眼像窺伺著我的舉動。母親與之對坐，我總開溜到窗邊的等候椅。

母親以臺語對談，所卜之事，多涉姻緣。或許因老爺爺曾提及母親命中太陽化忌，刑剋一生至親男性。我想起外公的早逝，二舅車禍身亡與父親的病。母親的起頭句，只詢問一段關係因何而終，何時而滅。得知對方生辰，老爺爺將兩枚油黑舊幣，塞入巴掌大的龜殼口尖。匡噹，匡噹，他雙掌執殼，上下輕甩數回，斜傾，讓銅板滾滑而落。他以指尖辨識陰陽，思忖半晌，後以古音述辭解句。

我極少參與對話，唯記一次，臨走前，母親要我同老爺爺道再見。我鼓起勇氣，問他什麼是過水痣。

「那意味你以後將離開這座島，並漂流至很遠，很遠的地方。」老爺爺以臺語回覆。

「我捨不得離開母親。」憶及兩人右腿鼠蹊部篆寫的祕密，我說：「我們有同樣的胎記，注定相守一世。」

「胎記，備註了上輩子死亡的方式。」老爺爺用混濁，虛空的瞳孔對著我，說。

千萬不能動啊，不能吵醒母親，否則，便得覆轍那日光景。

床上不停翻身的我，令母親不耐。她起身，勒令我好好睡覺。「我很累，需要休息。」她說。母親背對，睡起回籠覺。我翻身，她起床勒令，如是重複。最後盛怒下，母親忽然掀開被褥，對我高聲咆哮，她要我收拾行李，滾出去。

我以為那是一句氣話，或玩笑。不是的，她狠狠瞪著我，不發一語。我在她冷峻的目光下，起床，動手收拾床右側矮櫃上堆的小玩具。母親起身，從櫥櫃內掏出一只小皮箱，丟在面前，我把懷裡捧著那些玩具，一個，一個慢慢放進皮箱裡。我哭了，刻意拉長，延緩動作，試圖挽救離家的命運。母親卻鐵著臉。催促著。

終究，闔上行李，母親幫我開門。我拎著小皮箱，一臺階一臺階走下，行李箱底與臺階金屬邊碰撞出，喀噠，喀噠的聲音。我延緩步伐。然而母親聲聲催促著：「你給我滾出去。」

我流著淚，在四樓與三樓間的樓梯轉角處，停。窗外白花花的陽光灑在背脊，我卻奇冷無比，渾身打著哆嗦。我覺得我必須鎮定，仔細再看一眼母親，我要好好記住她，否則，便要像遺忘父親般記不清她的面容，她的身型。

身著睡衣的我，在四樓與三樓的樓梯轉角，仰望著。空氣凝結成冰，良久，她才開口說：「回來吧。」我破涕而笑，喀噠，喀噠，快步拎著皮箱上樓，躺回母親的床畔。

「不過你敢再打擾我睡覺，我就真的把你轟出去。」背對我的母親說。這次我不敢動了，真的不敢動了，我閉上眼皮，仔細控制呼吸。我催眠自己，必須入睡，快點入睡。

在朦朧的意識裡，我半夢半醒，猶記一日，浴室裡，鬆軟的母親，我趴在她白色，溼黏的肚皮，我調皮問：「家裡有好幾間空房呢，為什麼我們要一起睡？」濃霧裡，母親的頭後仰著，聲音迷迷離離，沾滿水氣。

「有天，剛生你沒多久時，我抱著你，睡著了。你術後急性精神分裂的父親突然衝進臥室，掀開被單，逼我給他現金與車鑰匙。服用抗癲癇藥的他，是被禁止操作機械工具的。然而他逼我掏出鑰匙，否則，他說，他就拿刀殺了我們。」

「什麼時候的事？」

「正式離婚前幾年。」

「是這樣啊。」是這樣的。或許，有關父親的一切湮遠，源於刻意。

浴室裡的霧越來越厚。下起了滴滴答答的雨。快不能呼吸了。我暈暈睡去前，決定不叫醒母親。

我躺在母親的肚腹上，最後對她說聲：「お休み。」

——原載於二〇二〇年三月二日《中國時報・人間副刊》

風葛雪羅

輯三——冰裂

Les monstres existent seulement dans les contes. Je ne cherche ni à l'accuser ni à l'excuser. Il n'y a qu'une chose qui compte, la marque. Et il m'a marquée.

——Christine Angot, *Inceste*

怪物們僅存於故事裡。我並未尋求指控它、寬恕它，唯獨一件事算數，記號。而它將我印記。

——克莉絲丁·安果《亂倫》

歌斐木舟上的父親

objet petit a 1

父親成為亞當那年，我五歲。

青春期以降，十數年，從母親話語拼湊並想像，重構。那是個平凡清晨。整座城仍沁在灰藍色的夢裡，涼溼的屋簷與靜巷，飽含朝露與晨霧。我被母親喚醒，更衣，昏沉沉地坐在餐椅上。窗外傳來濃厚鄉音與自行車鈴響。母親自廚房取出餐盒，碎步至陽臺，喚住緩緩駛來的販車。

食畢豆腐腦，杏仁茶，或燒餅油條後，我簡易盥洗。這會兒，黃紅相間的幼園車暫泊家門口，導師輕撳兩聲電鈴，催促母親攜我下樓。

私立幼園離家近，上下學卻得彎繞接送各處同學。我習慣靠窗坐，頭抵玻璃，忽略沿途風光，兀自在灰藍轉金的日景裡打盹。

那是幢位都心的獨棟三層樓建物，附設木製遊樂設施，游泳池。豔綠，扎腳的人工草皮從門口蔓延至後院。那日，如常隨學員上階，入室，小圓椅環圈而坐。導師讓我們唸英文字，注音，或做簡易算術。午膳由將軍宅邸退役的老廚操刀。

啖食京醬肉絲，糖醋排骨，蓮子湯後，我們再步入地下室，鑽進睡袋，紛紛陷入沉沉的眠。

那時，母親許是在房裡整頓剛滌好的衣吧？正午燦陽透進床側的紗窗與毛玻璃。隨母親揮，擇動作，空氣中舞著棉絮與塵。街肆寂悄，卻傳來遠方男子叫喊。

母親擱下手中物，跑向陽臺。只見巷弄正對方的人，朝母親上方吼著：下來。下來。

她箭步至頂樓，推門。陽光曝在淺色防水漆上，令人目眩。母親定睛後，見門旁散落衣物數件。她抬頭，驚睹奶油黃的圓形水塔旁，直立著裸身的父。亮晃晃的光，落在他白皙且長的身軀，四肢。立定跳遠般，父屈膝，前後擺動雙臂。嘿呦。嘿呦。他對空白言。軟塌的陽具，擺盪腿間。

撞見此景的對巷住戶迸出尖叫。

母親請父步下水塔。父親不依，堅持體感神召，上帝藉由氣流與光，同他對話。

白鋼。白鋼。母親高喊父名。

父親卻抬頭，引吭高歌：上帝要我造舟，用歌斐木，長三百肘，寬五十肘。裡外需細抹松香氣味呦，內設隔間無數，以便飼養攜帶逃亡的禽物鳥獸。

洪水將襲，暴雨將至。他說。

父親說他的名字，叫做亞當。

Sujet 1

三十歲那年，我拉開書房深棕長方木桌的兩側抽屜。那是母親保管父親成為亞當以前的記憶所在。多年來我不曾翻閱。幼時，總怕父親過度清晰，立體的身影再如鬼魅般襲來。若好奇心作祟，我選擇從母親口中簡短探聽。如此，才能用朦朧光影，混濁色彩重塑印象。讓往事不那麼具有傷害性。

左側三櫃，承著早年父親寫給母親的信，與服役時的憲兵日記。右邊三櫃，擺沖印相片與膠卷無數，依時序由近至遠，上而下裝著：

——十歲時我與母親於自營骨董店「風葛雪羅」的回憶。

——五歲時我倆在師大後方分租的服飾店點滴，與父離臺前的三人起居。

——最下層，則是襁褓期的我，與父母的婚宴紀錄。

層層堆砌的文件書簡中，皸裂的橡皮筋捆著一疊信封。底色褪成淺天空灰，深藍字體打印著：

白鋼企業有限公司 P. O. BOX 70-132 TAIPEI, TAIWAN
TLX:23739 YERSH ATTN PAI KANG CORP.

左上角飾以燙銀滾邊斗大ＰＫ二字。

我出生前幾月，父親腦血管爆裂於此處，那是嬤家三樓。嬤將空下的單位租出，好讓當時高中學歷的父親與母合夥，承接同香港進出口訂單的寫字房。

動完腦部動靜脈畸形手術，療養期，父親循醫師指示，每日服用 dilantin，以抑止腦部異常放電。抗癲癇藥奏效時，噁心，視覺模糊，暈眩等副作用也壞了父親脾性，他時而粗暴，與母常有齟齬。

母親擔憂我的安全，兩年內休辦公司，變賣了兩棟房產，好讓父親可赴美讀書，療養。

緩兵之計。母親曾如此解釋。

相片堆裡，有我兩歲時在機場與父惜別之影。

我們共佇大廳，在環柱而圍的皮沙發前，在鵝黃色的連排座椅前，在插滿國旗，兜售各式豔紅飾品的商店前。母親身著V領白衫裙。我套白底紅條紋T恤，深藍長褲。父親則斯文地配副細框鏡，內搭變形蟲圖案長袖衫，外罩寬大的苦茶色外套。我害羞地縮在他倆間。我一手抓母親，另手則被父親寬大的雙掌包覆著。

照片也記錄三人共處時光裡，僅存的溫馨時刻。

父親喜西洋節慶。頭兩年聖誕節，難得晴朗的他會將公寓妥善打理，在客廳沙發後，靠陽臺紗窗的轉角位置，擺棵半成人高的雪白聖誕樹。他在塑料枝葉上纏繞涼銀色，與紅綠相間的箔亮彩帶，掛上各式天使，襪子造型吊飾。最後將我抱起，讓我在樹頂置上一顆璀璨如鑽的巨大銀邊玻璃星。

母親端出波隆那肉醬麵，凱薩沙拉，燉肉。她在潔白的餐桌中央，擺上一根粗實的，纏繞眾多花葉的哈密瓜色蠟燭。我們在餐後會換上正式服飾，出門，在有各式聖誕樹點綴的景點合影。

那時的我，仍深信家所涵蓋的想像吧？

只見機場大廳裡我與父的送別留影中，兩人雙手依戀著。我臉緊貼他腕。我的頭且不捨地偏旁，凝視遠方。

objet petit a 2

五歲那年，父親首次返臺。

母親載我接機。擁嚷的出關口，玻璃閘門開開闔闔，終於晃出父的身影。

他身著光鮮，鬈髮，飛行員墨鏡，大墊肩外套與松黃色皮帶。身旁所有人紛紛閃避，不因父親的扮相，而是他唐突地，從海關至出閘口沿路憤踹行李。

返家後，我好奇打開暫擱客廳的行李。裡頭滿是時髦衣飾：父親的私服，與他洛杉磯就學時的各式草稿，成品。父親主修服裝設計，不似多數同學醉心高級訂製服，他主攻成衣。我蹲著，偷閱紀念冊。父親畢業時裝週僱的高䠷模特，金髮碧眼，她們一字排開，身穿撞色鮮豔的大碼削肩手織毛衣，風衣或套裝。父親愉悅且親暱地，勾著她們的臂彎。

回臺前，父親已跨洋談妥就職事宜。

當晚，為了挑選下季色票與織品質料，只見他衝進臥房，將母親更衣室所有物件全數扯下，拋置於地。無視母親阻攔，他跪坐成堆霓裳裡，喃喃自語，並機械式地裡外翻掏，檢驗手中衣料，直至晨曦。

翌日，親友相約晚餐，為父洗塵。

我們三人同擠迷你奧斯汀。母親手握方向盤。一路獨處後座的我，透過照鏡反射，卻見副駕駛座的父親漲紅臉，眦目欲裂。他且高仰下顎，間或對窗吐信。

我咯咯笑，覺得滑稽。

未能破譯，那實則來自亞當的訊息。

Sujet 2

三十歲那年，拉開書房實木書桌最下層抽屜，最先映入眼簾的，是幀珍珠面，加大洗印的結婚照。

遠景是悒鬱天的圓山飯店，攝於聯誼會戶外花園。

短髮的母親居左，父親處右。足足小六歲的他，高出母親一個頭。兩人全身靄靄白雪。婚紗低胸剪裁，外罩繁蕊紋手工蕾絲，蕾絲且在鎖骨至胸，肩臂至腕處呈透膚貌。母親頂嵌桂冠，手捧香檳玫瑰。父親則別一朵深酒紅絨質領結，西裝內裡是相呼應的沿釦雲絮抽絲白蕾，與大喇叭褲。

圓山聯誼會採會員制，是父親靠親友關係才租得的場地。

母親嫌傳統婚宴窒悶，索性包下其西餐廳，採下午茶形式。原木貼皮空間內，吊著幾球琥珀色玻璃燈飾。客人各自圍坐低矮皮沙發椅，閒飲雞尾酒。著白色絲瓜領，桃紅中式制服的女侍們來回穿梭其中。

許鄰近佳節？樹紋方柱間，牽起爍彩緞帶，四壁黏有聖誕樹圖剪。

相片與相片，因年久疊觸彼此緊黏，沾滿塵灰。我須仔細地用拆信刀，或美工剪小心刺入闕口後，慢慢撕拔，才能檢閱。

真是糊里糊塗地結了婚。那刻，我想起嬤的唸叨。

母與父實則相識七年，其中還經歷父親兩年兵役。得有磐石般的愛，才能砥礪空窗期吧？成年後，我問過母親。她的回答令我詫異，她說與父情誼，近似閨蜜。

他是個非常孤獨的人。母親說。

為了逃避原生家庭，才急於成婚。她如此作結。

父親總有爽朗個性吧？我想。

底層抽屜裡，有張過度曝光的相片。只見父親咧嘴笑，兩名女侍分別在他的雙頰獻吻祝福。其餘宴席側拍裡，打扮拘謹的女客，多是母親友人。俊帥男賓，則屬父親高中同窗。我將幾幀婚宴照片抽出，擱在自己房內書桌上。

某日，我喚母親進房，助我辨識影中人，母親指認了幾名乾媽與遠房親戚。她將手指逗留在一張俊俏，戴寬版方型眼鏡的男子面容上。

這是你父親暗戀好久的高中同學。母親說。

fœtus

父親在初識母親不久後，便自白性向。

母親說過，那年她大四，情殤後情緒久久低迷。暑假時，在友人堅持下，報名前往澎湖訪問的救國團之旅。然而逢颱行程取消，救國團擇期，改辦三天兩夜墾丁行。

風雨飄搖後的島嶼南端，是極好天氣。

一彎沿著白沙的蔚藍海面，在陽光極燦的遠方，透著土耳其綠。迎面撫來的風，真能撫慰人心。浪濤聲滿盈的夜，沙灘上築起篝火，男女散坐。團康活動後，有男孩們彈著吉他，裡頭，父親哼起綠野香波廣告曲，那年他高二。

高瘦，白皙。是母親對他的最初記憶。

救國團旅後，兩人仍密切聯繫。父親常至母親家中作客，有時會帶上那幫夥伴，一群人擠在客廳飲酒談心，偶爾嬉鬧至深夜。

逐漸熟識後，父親同她傾訴。

祖籍遼寧。爺爺，大伯二伯與他，均襲東北男子的高䠷身型。外省家庭作風強硬，常由拳頭與聲量決定地位。挺拔的父，卻有顆脆弱的心，屬絕對弱勢，且因女性氣質備受羞辱。傷痕累累的他，自幼譴責暴力，並誓言成為一名風度翩翩的男性。

然而初中時，某盛夏假期，百無聊賴的父遊蕩街衢。好熱的天，一名鄰居，穿汗衫的和藹男大學生隔窗喚了他的乳名，要父親到租貸處一齊聽西洋唱碟。父親猶豫了一會兒，最後踏上階梯。

父親說他即是在那黏膩午後，被狠狠按壓在床，被蒙口，被粗鄙地進入了。

objet petit a 3

五歲那年，成為亞當的父親高歌：因地上充滿人們的強暴，神要將他們與地，一同毀滅。

父親返臺已月餘，舉止時而暴戾，時而乖訛。無法就職的他居家休養，卻常倏地消失於母親視野。母親致電予嬤，商討再度就醫的可能性。

一個父親缺席的夜。幼園下課，返家食完晚膳，洗過澡後，我穿睡衣坐在母親床畔，玩絨毛玩具。枕頭旁白色五斗櫃上，擺了一只粉紅色電話。我用手指勾著塑膠線環圍圍繞繞。母親盥洗時，電話驟響。我興奮地拔起話筒，遠方傳來小舅急躁，喘吁的音。他要母即刻接聽。

母親接起話筒後，長長沉默。她雙唇微啟，啞啞無語。

我即刻過去。通話最末，她同小舅道。

你父親在急診室。她轉頭對我說。

母親馳車直驅臺大醫院西址。車停妥後，她牽我的手，慌忙朝急診室方向走。

萬物皆暗。昏黃燈光披在大王椰子樹梢，葉面隨風撫動，行道上，只見飄飄魅影。母親的手心出了汗。小舅的臉，在急診室門口的光照下顯得陰森，沉重。母親上前交談後，彎下身子對我說，很快回來。她要小舅守著我，不許亂走。

好久啊，彷彿有一世紀之久。許是鬧彆扭了，不耐煩了，我逕自朝大馬路方向人行道走，將小舅獨拋於紅磚牆沿。夜已深，車流稀，我在暗暗樹影底，踅過來，踱過去，邊用腳踢著碎石子。

我擔心母親，焦急地想見她。我走回門口，哭鬧著，要小舅帶我進急診室。

我們穿過好長，好長的闃黑甬道。唯一光源，惟有旁側詭綠色的逃生照明。行走許久，才見急診間敞開的門洩出一地亮黃色的光。我聽見野獸似的嚎叫，男男女女的喝阻，還有金屬器物不斷碰撞出的激動聲響。小舅將我的手握得好疼。

他示意我從旁窺探。

我看見父親被五花大綁地捆在床上。母親背對著，點頭回應醫生的話。

你確定嗎？小舅忡忡提問。我無法思考，卻無意識地點了頭。

我們小心翼翼地，如履薄冰地，步至父親床沿。

病床傾斜垂放。

以往體面的父，如今滿頭亂髮。他眼尾帶瘀，半頰帶傷，淡綠色手術服上，結滿半乾，暗咖啡色的血墨畫。父親的胸腹，雙臂被寬版彈性繃帶一層層牢綁於床。他使力掙脫，卻無法動彈，於是將背脊不斷重摔在鐵床架。喀噹喀噹。幾名醫護人員徒勞地想固定他甩動的手，好施打鎮定劑。

你認不認識她？醫生指著母親的臉，詢問父親。

陳。陳。父親竭力吼著母親姓氏。

我躲到母親身後。她觸電般抖簌身子，詫異地看著我。她將我拖至一旁，企圖捂住我的眼睛。

父親無視所有，炯炯雙目直燃遠方，繼續叫著：陳。陳。

抓著母親的手開始抖顫。我想上廁所。我對母親說。

母親訓斥小舅一番後，要我迴避。盥洗完，我獨站漆黑廊外。透過診間滲出的光，抬頭，將視線緊鎖牆上一幅宣導海報：細胞毒素。神經毒素。肌肉毒素。赤尾青竹絲。龜殼花。飯匙倩。雨傘節。百步蛇。

蜷身吐信者，按致命程度依序排列。我全神貫注，觀察蛇身各式斑紋，特徵與其出沒地點。我要自己不岔開視線，看房內那名為父親的怪物。

蛇，毒液，花紋布滿腦海，膀胱時時鼓脹。我在漆黑甬道中，不停來回進出盥洗室。排泄，我要排泄，將溫溫熱熱的毒排出來，就行了。

就行了。我對自己說。

Sujet 3

無有末日，但父親終乘歌斐木舟遠去。那是距離臺北六千七百七十四英里，流著奶與蜜的，名為洛杉磯的應許之地。

儘管如此，我與母親的臺北住處，已被他安上無法拆卸的象徵。那是業已斑駁的白木門上鑲著的人形銅製門環。雙手圍成半圓的環扣，像極了約束衣。而人像胸前，早已鏤刻ＰＫ二字，父名縮寫。我想，那是注定成為精神病患的名字。

自小母親態度坦然，她企圖同我理性談論父親的異常舉止與同志身分。而我始終閃避。

母親只好分次，片段式地，給予我能承載的記憶重量。

斯德哥爾摩症候群？

被性侵時的他可曾有生理反應？

進入母親時，父親可曾幻想其他男性？各式晦澀，病態的疑惑，自幼，時時蛇般纏繞，緊勒我心。三十歲，是該除魅了。我鼓起勇氣問母親：為何願意嫁給身為同志的父？

相較愛情，在婚姻裡，我渴求一種貼心的，朋友似的陪伴。她說。

他曾經溫柔。她說。

但我腦海裡，印象至深的卻是五歲，父親赴美前，服用抗精神分裂藥物後的反應：他會倏地起身，打直背脊，擎雙臂，作迎風指，眼神久久呆望遠方。不分時地。

三十歲那年，我讓母親補遺父傷之夜。

她憶及那日清早，父親曾說：暴雨將至，神要我進方舟，凡有血肉的動物，每樣兩個，好於四十晝夜內延續生命。後半日，父親趁她不注意時離家。

傍晚行走於街，父親蛇般蛻皮逐漸赤條。棄衣於地。他從花市自宅，一路赤足至萬華嬤家。身為耶和華遴選之人的他滿心歡喜，畢竟諸惡將滅，洪水將沖刷暴力，而他能擇所愛。他已決意，亞當的方舟只納同性，要俊男，海馬，公獅，雄鷹。喜樂的父親想跳舞，他想牽起路旁男子的手，卻換來鄙夷目光。欲揀儲糧的他晃著軟垂陽具，走入雜貨店，取下物品。警車趕至，驚惶的父竄出舖子，他夜奔過數條暗徑。

嬤家在跟前了，那裡有他鍾意之人。

父親知道，要救小舅於末日瀑雨。他們將相親相愛，在抹了松香的歌斐木舟上。父親撳百回電鈴，住四樓的小舅無回應。父親索性跑至巷中，坦敞雙臂，擴開雙腿，直喊小舅的名。

一旁男子見狀，抄起木棍，上前，狠狠朝父親的天靈蓋敲下。

幹你娘變態。男子叱罵著。全裸的父以雙手護頭。一記緊接一記的棍棒讓他全身淌血。小舅躲縮著。嬤聞聲而至，見狀，雙腿一軟，跪地。

饒了他吧，他是個神經病。嬤雙掌合十哽咽道。

最後父親上了警車，住院觀察。在男子的堅持下。

Sujet 4

父親病後多年，母親長久鑽研各式心理與精神疾病，書房一隅堆滿相關書籍。三十歲那年，知曉完整事蹟的我，同母親論及精神分析。我說：拉岡認為，客體小寫a意味主體的匱乏與虛無之投射。因避免成為那匱乏的主體S，我們投射所缺，進而追尋，索求那包裝過的虛無。枉然的循環。負號的無限延伸。想像之父所體現的秩序，是我一生所求。

我無所歸依。我說。

你當體諒他是病人。母親回。

我坦言：我不恨他。只是家所涵蓋的意象，崩盤了。

曾想致電質問父親，我是他逃離原生家庭的計謀之一嗎？

只是，符號交換與溝通不再可能。畢竟，亞當已永遠地進入了他。

——原載於二〇二〇年七月十三至十四日《中國時報．人間副刊》

加州樂園

1

千禧年的暑假，長日漫漫。考完末屆高中聯考，心情浮沉於混沌與未知間，索性，將自己鎖在公寓，任老冷氣唧嘎作響，放幾張喜歡的唱碟。或舞，或歇，或眠。

一燠熱午後，母親外出洽公。我在客廳，接到來自父親的遠洋電話。父親慣以疊字喚我，過度的親暱令人不適。

他總要清整喉，調好嗓，才詢問：「最近過得好？衣服穿得暖？」或叮囑：「多運動，多吃，莫要感冒。」我把玩電話線，哼唧敷衍，欲放下話筒時，父親冷不防問：「畢業後，考慮來洛杉磯讀書嗎？體恤你母親獨自撫養不易。我可以出錢的，只要你搬來……」

沒等他說完，我喀地掛上電話。

發誓再也不見父親的。

獨坐客廳，怔怔想起最後見他，已是十年前。我五歲，他剛從洛杉磯設計學院畢業，返臺短居。那時鬱症復發，失業酗酒的父不時吵著要開車，更打算入手一昂貴的賓士新款代步。某日，母親邀他至嬸家商談。我在客廳神經質地抓遙控器切換電視頻道。母親，嬸與胡姑姑三人圍坐大理石圓桌，預演各式策略，好打消父親的瘋狂念頭。「措辭得輕婉拿捏。」母親說：「以免有暴力傾向的他失控。」

「不用其他男士在嗎?」嬤憂心提問。

「令婿是我乾弟，很聽話。有我撐場別擔心。」胡姑姑再三保證。

電鈴響，嬤起身應門。啪嗒，啪嗒，樓梯間傳來醉醺醺的腳步聲。我心擂鼓急搗似的跳，母親將我拉至旁側，要我躲進嬤的臥房。她從外頭上了鎖，囑我聽聞任何聲響，皆不可應。

我按熄房裡的燈，攀上嬤高垂紗棉蚊帳的床，再鑽進繁複陳舊大紅花紋的厚毯底。滿室闃黑。我將自己裹得老緊，屏氣凝神，深怕過度的換氣，都能引起門外父親疑慮。

沉寂良久。

擔憂母親與嬤，我遂起身，貓步至門，探耳。遠方傳來窸窣對話，忽聞父親驟雷迅雨般的咆。辱罵。啜泣。有杯盤碎裂聲，有桌椅騰空墜地聲，還有衣物拉扯，肢體推搡時的輕重悶響。最後，是核彈墜炸濃烈蕈雲揮之不散的摔門音。

伸手不見五指的暗。寂靜太久，太久了。

太陽穴血液急流，扣撞血管壁沉沉響。我迷迷糊糊走回床，等。等到母親開了門，捻燈。她見我右手拿筆，在左前臂內彎畫下一排又一排的藍色交叉符號。

「寫些什麼呢？」淚眼婆娑的母親輕聲問。

「我好想死。」我望著她說。

2

發誓不再見父親。但遠方洛杉磯的日子，令人遐想。

千禧年夏天的情緒窒悶，始於對告別的倦怠。先脫離麕集三千人的中學，丟了藍制服，滌洗多次早皺成荷花滾邊的運動服，與成捆參考書，再道別了摯要的補習班死黨。

錐臉已往溫哥華，馬尾搬至洛杉磯。

沒參加聯考，她們皆在畢業典禮沒多久後動身異鄉，好為開學前的暑期語言課作準備。

身為舉止不那麼陽剛的，興趣不那麼男孩的，講話不那麼硬朗的優柔分子，國中校園生活須謹慎而為。唯在補習班，錐臉，馬尾主導的小圈圈內我舒適自在。若逢假日，我們勤泡歌房，扭腰擺臀，浪唱莫文蔚〈想一個男生〉，徐懷鈺〈我是女生〉，或踮腳甩髮宣言〈閃著淚光的決定〉。螢幕上梁詠琪〈膽小鬼〉音樂錄像帶裡的異國街景，是三人約定的遠方。

誰說過，人的悲慘，只因曾為幼兒？

我卻以為青春期與升學制度折人最甚，唯有塑造神話，才得讓日子過得舒坦些。

錐臉，馬尾與我是崇尚遠方的信徒。標新立異是宗旨，也是生活哲學。

補習班上課前，打過晚飯，我們埋首東門金石堂一樓左側靠窗的外國雜誌區，揀近期歐美雜誌。三人各有所愛：錐臉嗜八卦，追美國產的《teen people》。馬尾好脂粉，抱一本本《ym》與《seventeen》。而我獨鍾英國刊物《smash hits》。A4大小月刊內含明星軼聞，樂評，風尚解析。特別處，是雜誌末幾頁，附上厚紙質，正面印刷樂手照，底背打著歌詞的九宮格卡片。我們謹慎沿虛線撕下聖像禱告文，再虔誠將其壓於課桌透明墊下。

玫瑰，大眾，佳佳，淘兒。

錐臉，馬尾與我按英美流行搜刮前十名排行榜專輯，或同唱片行直接從歐洲訂購未進口單曲。週末可穿便服的日子，更是彌撒前的盛裝心情。我們從衣櫃裡翻出湯米．海飛格，DKNY，凱文克萊牛仔系列或羅夫勞倫馬球副牌。比照雜誌，套上過大，其實有點滑稽的牛仔垮褲，尼龍工人褲，棉質運動衫。再綴上購自公館校園書坊的WWJD（What would Jesus do）手環與夏威夷白石頸鏈。

無課又不跑歌房的日子，乘車，我們一路晃到人跡罕見的信義計畫區。

在新開幕的華納威秀內，做作地以英文向熱食部服務生添購吃食。飽覽《老師不是人》，《驚聲尖叫》，《窈窕美眉》，《對面惡女看過來》等青春電影。我們想像那透著粉紅戀愛色澤的美國高中生活。走廊旁側能上鎖的私人鐵櫃，金髮啦啦隊長，喬許．哈奈特長相的足球前鋒，與喧騰的學生自助餐廳。

而那些晶瑩飽滿的日子，都隨著新世紀的到來，被拋在很遠，很遠的地方了。

錐臉，馬尾已踏上朝聖之旅。而我獨守這炎熱之島，兀自生滅。

不可能投靠父親的。我對自己說。

心中憎厭情緒，並非全部源自童年經驗。也因他在美國療養兼就學，精神狀況穩健後，成了一名自私者。輾轉從母親口中，知悉父親為了追尋個人情感，提議離婚。他有體面工作，曾在 Hugo Boss，Puma 等品牌任職，但對撫養費自始緘默。母親若提及，父親會哀嘆：「屋子剛裝修，車貸未償哪。現在景氣真是不好。」

但每逢聖誕節或新年前，我們會準時收到父親所寄的卡片。拆開信封，內嵌一張張他在巴黎，倫敦或布魯塞爾雪景街頭，穿鮮豔羽絨外套或毛皮大衣的全身照。父親瞇眼笑，緋紅臉，神采奕奕。有時他摟著一個男人，有時沒有。

3

返校取聯考成績單那日，天陰雲色濃，雨欲墜未墜，空氣飽含著溼。斜擦過七號公園邊角，進校園，抄捷徑，轉入一樓右側的理化老師辦公室。國中時，我們班前所未聞地連換了三位導師。最後一任班導是名禿頭，體高，面容哀戚態度冷淡的理化男。我忐忑走入，沒碰上任何同窗。室內幽暗，唯昔日班導頂上一盞日光燈微弱暈黃。他瞥我一眼，遞予卡片。我遲遲不敢打開判書，倉皇離去前，理化老師卻說：「考得不錯嘛。大概有第五志願。」

許是出乎預期，他的嘴角掛著嘲諷抑或不以為意的笑。

我緩步走出，心中卻無解脫感。行過穿堂，只見牆面兩側，從天花板至地磚五公分高的立面，層疊黏貼前三志願者的粉色賀榜單。我是中庸的嗎？我反覆思索。少了錐臉，馬尾的自己，或許一點也不特別？這想法令人恐慌。

返家時，母親立於玄關，神態凝重。我以為她憂心聯考分數，結果不然。進門不久，母親便開口：「你父親來電，說奶奶病危了，想在臨終前見你一面。」

原本的低迷情緒更跌谷底。

我未應聲，默默把自己關在房間裡。取出聖女合唱團首張專輯，塞上耳機，按下第四首曲目〈在橋下〉，這是錐臉，馬尾跟我的往日摯愛。

簡單重複的電吉他和弦開場，輕輕鼓點，女主唱梅蘭妮．布拉特細膩吟誦著：

有時候我覺得，我沒有夥伴。
有時候我覺得，我唯一的友人，是我所居之城。
諸多城市中的一座，和我同樣孤寂。
在一起，我們哭泣。我們哭泣。我們哭泣。

不知多久，取下耳機，睜眼。發現母親靜坐桌旁，詳視那只被我揉爛的成績單。她建議我參加隔幾日的招生考，那是從家裡走路五分鐘距離，高架橋下假日花市旁，以優質升學，嚴謹紀律出名的私立高中。我無謂地點點頭。

她還要我再三考慮前往加州。母親說，奶奶已長年受糖尿病所苦，情況嚴重至能透過州政府補助而居家安置血液透析器的程度。

「我不知道。」我聳肩道：「我拒絕獨自前往。要去，妳得陪我一起。」

4

洛杉磯國際機場內，各色行人忙碌穿梭。

挑高屋簷，從旁側不規則弧線切割的玻璃窗，射進扎眼陽光。

首度旅美，我卻毫無畏懼，只貪婪地試圖捕抓每道景象。而有搭機恐慌症的母親驚魂未定，臉色慘白抖顫著。她將我的臂膀抓得疼，且不時低頭翻護照，與我練習入關對答。

「American citizen。妳說前夫是公民，來探親就對了。」我說。

海關檢查員是名彪悍女黑人，魚瞪一雙沒好氣的眼，再三端詳後，倒沒刻意刁難，便放了行。母親出關後明顯鬆了口氣，這時卻換我緊張起來。腦中異想紛飛。父親變什麼樣了？仍是舊照上的斯文嗎？這趟旅行，有可能是和解之旅？我會戀上這座城，花上三年，或更久的時間，在洛杉磯讀書，與父同住嗎？

大廳被接機群眾擠得水泄不通，許多人高舉抄滿電話，職稱或姓名的白色紙板大聲嚷嚷。我跟母親試圖在茫茫人海中撈尋熟悉面孔。

母親居然認出奶奶。我倆張嘴愣眼，不敢置信互望著。

奶奶矮身瘦削，齊耳灰蓬鬈髮，穿白底淺碎花短袖衫，深藍褲。她熱情地箭步跑向我們。「喔。我的小孫孫。」她一把將我深擁入懷，並在雙頰上各獻一吻。身旁一男子行來，我與母親定睛，才發現那是父親。

一個臃腫，俗氣的中年男子。

雙頰墜著兩坨肉。一米八身高，體態如梨。淺卡其馬球衫難掩妊娠似的肚，同色七分褲肥臀緊塞，底下露出兩條不成比例的蒼白小腿。他笑瞇瞇的眼，如今深陷肉裡，顯得猥瑣。

馳過 LAX 巨型立牌，父親嶄新的紅色休旅車駛入一〇五號州際公路。他說從機場到家，要半小時路程，建議我們不妨小憩。我與母親各自望窗無語，只有副駕駛座上的奶奶偶同父親閒聊幾句。

近目的地，奶奶殷勤解釋，蒙特利公園，住民約六萬，是加州內除了中國城，亞裔比例最高的地方。她還說，二十多年前臺美斷交後的移民潮，更讓這區有小臺北之稱。

父親與爺爺奶奶同住，房舍格局有限，便將我與母親安排進不遠的林肯酒店內。

「奶奶好端端的，他竟用下作方式騙我們來。」一進客房，母親憤慨道。

「他本來就是個爛人。」我聳肩說。

母親撥了通越洋電話同嬤報平安，順帶埋怨。我起身，掀開窗簾。外頭遠山浮雲低，參差的棕櫚樹。間隔甚寬的單層，兩層樓矮房。路上行人稀，偶有顏色鮮豔的汽車駛過。終於成真的異國風景。我心想。

母親掛上電話。我對她說，想趁此行與馬尾見面，馬尾借宿洛城阿姨家，對方已允諾可載我們四處溜搭。

「看你父親怎麼安排吧。」母親疲倦地說。

5

翌日，同爺爺奶奶，太爺用完早膳，父親便驅車直奔州際公路，第一天行程，是好萊塢環球影城。

盛夏陽光璀璨，沿途公路景色單調。母親與我同坐後方，不想此舉竟惹父親不悅。「你們坐後座顯得我像幫傭司機似的。」他說。

園內旅客如織，皆是家庭，情侶組合。

人人穿短褲夏威夷衫，頭戴遮陽帽墨鏡，歡快地拿汽水，爆米花恣意行走。父親問我想玩什麼。我說隨意。母親則對所有刺激設施敬謝不敏。三人躊躇著，父親怨道：「所有設施都要排隊快一個小時，我們在浪費時間。」

園遊車是最終共識。當纜車行經各式戶外大型攝影棚時，我心激盪。那是大白鯊造景，這是斷橋洪水的侏儸紀雨林。有荒廢瀰漫的西部小鎮，有粉色造型童話屋。但途中。隧道裡《金剛》夜襲紐約一景，與《神鬼傳奇》沙漠聖甲蟲突襲時，那虛擬地震與車身擺晃特效，已讓母親吃足苦頭。

「你若想玩些刺激的，就跟他去。」下車後，母親說。

但我不願與父獨處，我們三人只好勉強看了場3D特效電影，再隨意逛逛紀念品店。

避開用餐人潮，午後，我們挑了間全木製，梁間攀附人工藤蔓，裡端是假石壁，外環水渠的昏暗餐廳。父親擅自替我們決定好各自餐點。我瞄了菜單一眼，皆是最廉價的選項。

為避免尷尬，母親刻意起了話題。

「身材怎麼變成這副德行？」她半開玩笑問。

原略帶慍色的父，此時竟羞紅臉，嬌嫩聲道：「加州夏天好熱的，晚餐後，忍不住都要吃上兩品脫冰淇淋。」

趁氣氛好，我同父親開口，說想找一天與好友見面。父親卻充耳不聞，對著母親呵呵笑。他擺動咖啡匙羹的右手，蘭花指高翹。

Faggot。我想起美式電影裡，最粗鄙的字。

6

我車行於街，因為他是我的同伴。

我行經他的領地，因為他知道我是誰。

他看見我的好日子，以狂風吻我。

我從未擔心，而此刻，這是則謊言。

家宴是第三日重頭戲。加州夏夜晚降，傍晚時，仍天光大作。額抵車窗，我在後座輕哼起〈在橋下〉的第二段主歌。

「在唱〈Under the bridge〉？」不料，父親探頭問。

「你知道這首歌？」我訝異道。

「這是加州搖滾團嗆紅辣椒的成名曲。」他說：「沒想到你聽這麼男孩子氣的音樂。」

紅燈籠，舊屏風，七彩流蘇散落垂飾。中餐館私人包廂席開三桌。

我與母親並肩，同父親爺奶太爺坐主桌。各房親友，滿室喧譁，眾人嘴上抖擻著社交辭令。父親交際花般領著我與母親，快舞招呼過一張張陌生臉龐。三姨奶奶，四姨奶奶，離了婚的大舅奶奶，堂弟，大伯母。我無力將所有臉套上對應稱謂，只好緘口點頭，在臉上撐起僵硬的笑。

面前這些人，都像被套了層濾鏡，舉止間帶股怪奇色彩。

記得小學時某年寒假，七號公園落成周年，為追懷已逝的國際學舍，建華新村，岳廬新村，與保存移民記憶，老師要我們訪家中耆老，溯史作記。我對國際學舍沒多大印象，只對學舍正對面，也是家附近的小美冰淇淋店最有記憶。返住處，問過母親，她才提及我外省籍父親的家族遺事。

關於爺爺戰時的東北大逃亡與抵臺奮鬥經驗，已不復記憶。唯太爺一家原址瀋陽，為明朝宰相鐵鉉後裔一事令我印象至深。那日，母親在紙上寫下大大的「磔」字，並說，身為兵部尚書的鐵鉉，受磔刑而死。

「什麼是磔刑？」我問。

「就是凌遲，將肉活生生，一片片刨下來。」母親答。

「最後皇帝還把他的屍首，丟入油鍋裡炸。」記得她如此作結。開學後，那滿紙顛沛流離的採訪，獲得最高分，更代表班上參加了校際比賽。

席間，母親偶同一兩名移民前較熟識的親戚閒談。我愣坐喝果汁，覺得自己像廉價的跑場角色，更不解為何要飛越大半地球，來吃一頓中餐。當中與我親近者，唯有太爺，爺爺奶奶。但在臺北，我們相見次數也少，畢竟我出生沒多久，他們便決定趕移民潮的尾巴，舉家族遷徙至加州與紐約。

九旬的太爺，外觀依舊風度翩翩，老紳士霜白油頭工整筆挺，成套格子西裝，椅旁斜倚著暗木拐杖。只是他太老了，老到只能對我一逕傻笑。真難想像年輕時的他，是名風流倜儻的建築師。爺爺埋首，唏哩呼嚕忙著吃。唯奶奶殷勤，替我斟茶布菜。我卻對她不多話，擔心過度親密，便有悖臺灣嬤的養育之恩。

宴席末了，上過水果甜品，太爺，爺爺奶奶作表，於眾目睽睽下，塞給我三份紅包。母親以眼神示意，要我婉拒。但奶奶態度強硬，我便打蛇隨棍上，將紅包塞入口袋。

返回酒店，我在床上迫不及待清點紙鈔。

母親對我不諒解，又提到前些年經濟不景氣，奶奶為家計每日自行開車，前去商場實習。母親說，奶奶後來開了間優格店，重複剁切配料，久站，與清洗製冰機等程序，令她飽受肘部肌腱炎與靜脈曲張之苦，更別提那血液透析。

「反正是父親欠的。」一語畢，我喜孜孜地將近四千美金遞給母親。

她擺擺手，不帶情緒地說：「算了吧。這只值我們兩張來回機票錢。」

7

父親欲攜我們北上至帕薩迪納。

出發前，他慎重地將唱碟推入播放器。復古弦樂作響，緊接一暗啞女聲幽吟。父親回頭問：「你知道這是誰的歌嗎？」

我搖頭。

「這是 Edith Piaf 啊。這是法國香頌。」父親用誇張嘴型，刻意拉長法語字，不顧我與母親的漠然，沿路用假音哼著一遍又一遍的〈玫瑰人生〉。

漢庭敦圖書館佔地廣，是亨利．漢庭敦於二十世紀初，在帕薩迪納的聖瑪利諾區所建。我對館藏古籍，肖像畫與法式家具並無興致。走馬看花後，便拉著母親往外逛。

湛藍無雲，有綠樹參天。查導覽冊，才知是尤加利樹。林間更有株兩百年的帕薩迪納白櫟，枝幹蒼勁。庭院分類繁多，有莎士比亞英式花園。有仙人掌姿各異，間綴蘆薈，巨型石蓮花的沙漠彎徑。也有小橋流水，遍植銀杏，垂柳，佐飛檐深瓦涼亭的日式與中式庭院。走走停停，母親幫我拍了好些照片。

戶外餐廳，我們坐在鑄如薔薇莖葉的白漆鍛鐵椅上，就著木桌用食。

我再同父親商量，想用餘下日子，找一天同馬尾見面。

「她住鑽石吧。」我說。父親蹙眉，以來回車程一小時為由拒絕了我。

「總可以讓她阿姨開車來載我們出遊吧。」我辯駁。

「Stop it。」倏地，父親摔下刀叉，大聲喝斥。周遭遊客紛紛投以好奇眼光。我憤怒地拉開椅子，朝盥洗室方向去。

十分鐘？二十分鐘？半小時？

純白隔間裡發著怔，我環視四周，發現門牆間縫甚寬。而那光亮裂口，正對著小便斗，不時有男子上前鬆衣卸帶。不知多久，我雙手托頰，頹坐癡望。

從餐廳轉角步出，遠遠，只見父親母親一語不發，怒瞪彼此。食客皆散，父親見我返座旋即起身，朝出口方向走。母親悄言，趁我去盥洗室時，她想此事尚有轉圜空間，建議父親讓我與馬尾吃頓飯，打個照面也好。

不料父親那時竟對她拍桌大罵：「妳就是這副死德行，我們當年才離婚的。」

8

離美前一天，父親清早打酒店房碼將我們吵醒，說有神祕行程，九點準時大廳集合。

寄人籬下總有難言之隱。而洛城浩大，少了交通工具便缺足難行。出遊，總比待在酒店一天來得強。我想。於是與母親不情願地，坐在大廳沙發等候。

父親容光煥發走來，這是他數日來首次仔細打扮。他穿好質地的天藍純棉短袖衫，膝上打了摺的象牙色短褲，皮製羅馬涼鞋。肩上披一條權充圍巾的銀灰卡迪根羊毛衫。他笑盈盈說：「外頭有位神祕嘉賓。」

我心狂喜，不想父親如是體貼將馬尾接來。我急忙拉著母親，要她加緊腳步。

烈烈豔陽下，血紅車身烤漆反光厲害，走近，只見副駕駛座門外，站一名白人男子，與父相同打扮。唯獨那卡迪根胸前開襟羊毛衫，是普魯士藍。

四十餘歲？白金髮色，滿臉雀斑，魚尾紋印第安紋鑿跡明顯。他比父親高半個頭，同樣梨狀身材。

「This is my husband Larry。」父親靦腆笑容，介紹道。

我與母親恍然大悟這趟旅程的最終目的。

車上，父親滔滔不絕用中文講述兩人相識經過。加州的好天氣與明媚風光，此刻只覺諷刺。他不時切換英文與賴瑞交談。父親說前些年，許多住三藩市的朋友，皆因愛滋身亡，他參加了一場又一場葬禮，還與交往多年的猶太醫生形同陌路，在那夜不成眠的黑暗時光，幸好在酒吧裡遇上了賴瑞。加州同志婚姻雖未合法，但兩人已私定終身。

「賴瑞是教遲緩兒童的國小老師。」父親說。

一路上，賴瑞緊握他打排檔的手，兩人不時情深相望。我發現，他們還戴著雕工精細，爍閃光芒的鑽石對戒。

母親自我小時候便提及，父親婚前曾坦言有同志傾向。父親年輕時跟奶奶出櫃，奶奶只冷冷問：「你要不要去看醫生？」此後，愛面子的她就當這事未曾發生。後來他信誓旦旦宣稱戀上長時間相處，摯友似的母親，母親視婚姻為尋常陪伴，見他體貼誠心，便爽快答應。怎知我出生後，罹患重度產後鬱症的，是父親。

或許與他當時年未滿二十五歲，沒大學文憑，自覺無力擔起一家之主的心理因素有關？或許與他久抑男慾有關？他日漸暴躁，失控。經過嬤的同意，母親轉賣了名下兩幢房產，好讓父親赴美深造，以保母子平安。

「有沒有交女朋友？」車上，父親突然問。

我靜默。

「還是男朋友？」語畢，他噗嗤笑，轉頭與賴瑞交換曖昧眼神。

是聲線？舉止？是腕上彩虹色的 WWJD 手環？還是花園餐廳可疑的過久缺席出賣了我的身分？與父親在性取向上的重疊，此刻讓我感到羞愧，可恥，甚至憤怒。

記得國中與男同學淺嘗禁果，知會母親後，她幽幽說：「無論如何，我都支持。男生女生都好。但就是別讓你父親知道。」當時不解，如今我明瞭，母親不願我因為性取向，輕易地被父親劃分為同類人。

休旅車停泊在迪士尼樂園。

「你瞧。」一下車，父親戲劇性地敞開雙臂，向我炫耀。

「我要上高中了，對這裡不感興趣。」我直言。父親目露凶光，無有動作。顯然，他在賴瑞面前不敢造次。他嚷嚷：「我可是特地花錢帶你們來看今晚遊行。」

或因建館時久，迪士尼街景灰撲慘澹。大道盡頭，佇立一座毫不氣派的藍頂迷你城堡，旁是粗糙假山。偽市鎮裡，工作員穿著可笑的玩偶服四處遊走，試圖討孩子歡心。那些旋轉木馬，小飛象坐騎的八爪章魚太幼稚了，我並無搭乘意願。父親顯得光火。

「浪費錢。」他咕噥著。

我們四人最後乘了渡船。船在叢林綠湖中行，水光苔暗。沿岸只見了無生氣的機械河馬，石鱷魚，或掛面具的土著擺設。賴瑞攬著父親的肩，逗得他笑得左搖右擺驚叫連連。

「我想回飯店。」我轉頭對母親說。

「最後一天了，忍忍吧。」她無奈道。

陽光過盛，悍辣螫人。

我們昏頭脹腦看了一堆童話雕像與電動玩偶。黑人街頭表演者的薩克斯風在角落高昂刺耳。父親與賴瑞立於屋簷下，為晚餐地點議論不休。

「我不想在這吃飯。我們很累，想回飯店休息。」我上前說。

父親瞪大眼，怨道：「這怎麼行。煙火還有兩小時就要開始了。」

「我一點也不想看煙火。從來都不想看煙火。」我脫口而出。

「妳怎麼把他教成這副德行的。妳是怎麼教的。」父親不斷用食指戳我額際，回頭喝斥母親。「反正我跟賴瑞看完煙火才會回去，要跟不跟隨便你們。」

語畢，父親甩頭就走。賴瑞驚慌瞄了我們一眼後，加快腳步緊隨父親。

我與母親，呆立於茫茫人海。我氣得咬牙切齒，眼眶滾著屈辱的淚。

「該怎麼辦？」原不作聲，靜靜陪伴的母親最後問。

「妳身上有錢嗎？」拭去眼淚，我企圖冷靜思考。

「當然。」母親不解地看著我。

「多少？」

「大概數千美金。」

「我們走。」我說。

9

天色轉為嫩鮭魚色與香檳紫交織的粉嫩，氣溫涼沁。我們披上外套，從紐奧良廣場，彎繞過一座又一座迷你房舍。我們不時歇腳，同工作人員詢問方向。

計程車搭乘處有二，園外的哈伯大道，或附屬飯店停車場。

我們快步越過假湖，荒丘，渾身汗淋。沿迷你碉堡迴繞再三，苦尋不著出口時，身邊反向而行的遊客，每人手持仙女棒，骨碌溜轉節慶時的期盼眼神。腳力不勝負荷，母親氣餒說：「要不，回頭找父親吧？」我沒搭話，讓她稍作休息後即催促她再度上路。

夜色襲來前，我們成功走出園區，豈奈歸途未盡。詢問復詢問，再行遍無數廣場，樹陣與街道，才終抵飯店。

停車場一隅，幾名拉丁裔男子靠著車門抽菸聊天。我鼓起最後力氣，上前詢問可否有人能載我與母親回酒店。「蒙特利公園？」一名司機聽了地點後，驚嘆。「很遠哪。」

「我們知道。」

「錢夠嗎？」他投以狐疑眼光。我點頭。

拉丁裔司機踩熄菸頭後，要我們上車。

夜是徹底暗墨了，城市已次第燃起燈火。遠方的迪士尼，此刻正是火樹銀花吧？但我已無力揣想，一閉眼，便陷入深深的眠。

抵林肯酒店，母親進房後說，她一路提心吊膽未曾闔眼。只見上了州際公路後，里程表發狂似的跳，她擔心司機將我們拐入他處殺人滅口。最後，她付了折合臺幣近三千元的車資。

梳洗後，我決定致電奶奶，控訴父親的諸日惡行。

奶奶接起話筒。寒暄過，我抱怨父親不許我與好友見面。她諄諄開導：「相較蒙特利公園，住鑽石吧的可都是富有華人呢。近兩倍收入差距。在加州，居住區域代表一切，你當體諒父親不願被比較的心情。」

我敘述他將我與母親拋在迪士尼的過程。奶奶沒搭腔，沉吟半晌後說：「我的小孫孫，今天父親要你吃 chocolate ice cream，你就不能吃 vanilla ice cream

啊。」

我先是為這弔詭的比喻愣了幾秒，隨後憤憤掛上電話。

離美當日一早，清整好行李，我對母親說：「該做最壞打算，如果父親不出現，我們得自行前往機場。」

父親倒是依約前來，鐵青一張臉，對昨日紛爭隻字不提。他先將我們載至爺爺奶奶家道別。我對前晚電話耿耿於懷，刻意對奶奶疏冷，場面僵硬。身旁太爺卻孩童似的不斷嚷著要送機。奶奶突然高聲飆喊：「你平常給大家添的麻煩還不夠多嗎？」

太爺像做錯事的孩子，他的眼睛溼溼的，拄著木杖一拐，一拐地蹬回客房。

我渾身打著哆嗦，只想趕快離開這個地方。

10

回臺後，果不其然，我收到第五志願與私立高中的入校通知。母親要我自行作主。但哪間學校，不都指向相同結果嗎？美國已死，洛城並無天使。餘下時日，我只能背著父姓，忍辱負重地活著。

很難相信，外頭空無一人。
很難相信，我竟如此孤獨。
至少我擁有他的愛，這城市深愛著我。
孤獨如我，我們共同哭泣。
我不想再度感受，我那日的所做所為。
請帶我前往所愛之地，請帶我遠走高飛。

反覆聽著〈在橋下〉，腦中仍會跳閃過棕櫚疊葉，片片篩下的加州燦陽，行走其下，古銅膚色的壯實男子，窈窕女性，與那明亮寬敞，眾多高級品牌的郊區購物中心。

或許，有未來，在比洛杉磯更遠的地方？

夏季令人心煩。

我想現今唯一能做的，是趁九月，下一場升學風暴來臨前，染頭叛逆紫髮，戴起粉紅色瞳孔染片，穿上所有奢華在城裡胡走亂竄。學習獨立，學習獨自哼歌，幻想著更遠，更遠的地方。未來跌倒無妨，渾身泥濘無妨，畢竟傷痕累累的我，總能回到這孤寂城邦。

在一起，我們哭泣。我們哭泣。我們哭泣。

風葛雪羅

輯四——燒琺瑯

白髮漁樵江渚上，慣看秋月春風。
——楊慎〈臨江仙：滾滾長江東逝水〉

青春者的繁性神話

It is a fucked up world. Isn’t it?

十四歲的你問。

你對著鏡中倒影，每日囈語。關於精神病的父親，關於孤寂，關於你體內，如潮陰公寓樓梯牆面，整泡整泡壁癌似增生的，怪誕的慾。你花許久時間思索人狗雜交的合法性（最後你給了肯定的答案），思索未成年者的性自主權（最後你給了肯定的答案），思索亂倫對人類社會進化之必要（最後你給了肯定的答案）。你深知所有禁忌，以最溫柔的姿態呼喚，親撫著你。你不知該接受，還是避離。

或許你該摧毀一切，你想。先摧毀性別，摧毀自己。

你尋找榜樣，某種中性的，出軌的，或異於常態的，而音樂是隱喻。猶豫數月，你終於在淘兒唱片行，買下碧玉《雌雄同體》專輯。封面藝伎造型，屍冷霜白的臉，配一抹血色唇櫻，頂際捆綁兩團巨牛罣似的髻。你反覆於深夜，苦候電視音樂頻道，只盼巧遇專輯主打曲〈All is full of love〉錄像。兩具同性機器人，在驟光暗爍的實驗室裡擁抱，舌吻，進入彼此。搭配畫面上水的滿盈，擁擠，與潮退。你購買了瑪麗蓮．曼森第三張錄音室專輯《機械化動物》。封面上，瘦削臉頰的男主唱，旁分油梳的血紅齊耳髮，同色唇膏，全身慘灰，裸露拼接的貧脊女乳，與平坦下陰。你其實不愛碧玉飄渺，空無的嗓音，或瑪麗蓮．曼森震耳欲聾的工業金屬樂曲。你迷信，崇拜他們再現之形，青春期神話學，於是你在CD

播放器裡，聽著一遍又一遍的，毒品秀，白色昏迷，與冥王星。

你將在十四歲時，畫上第一道眼影。莫文蔚，你的神話在地衍繹先例。早於〈廣島之戀〉，她的第二張粵語專輯《全身》形象照，光頭的莫文蔚，完裸趴覆在倦黑的老式皮沙發椅，如此中性。她代言的開架式化妝品 za 進駐。你在學校與補習班交接的晚餐空檔，拉著女孩的手，走進藥妝店。你用指尖蘸滿試用品，把摻了金粉亮片的鮮豔眼影，畫於眼梢眼皮。你在補習班擁有龐大勢力，與校草，不良少年，功課拔尖的乖乖女結黨，同學畏懼，老師怕你。你隨意的言論，便能掀起一場革命。於是，沒人敢對你眼皮上耀閃的豔色，有任何異議。

彩妝無法全然遮蓋的，是你紅腫的痘跡，與難看的髮型。你渴望擁抱，而不可得。渴望戀愛，而不可得。男孩與女孩，或男孩與男孩間的無意觸碰，對你，都將席捲成腥風血雨。那無處排遣的灼燒烈慾，讓你像隻囚籠裡震怒，卻挫敗的獸。你想嘶吼，從喉頭滾出的，卻是尖細嗓音，你欲揮拳，舉起的，卻是竹竿細的營養不足之臂。幸好十四歲的你，終將學會自瀆，透過報紙的讀者諮商專欄（童騃之際，你以為用指戳揉囊袋，便是成人的祕密了），這才讓你得以從過度緊繃的身心狀態中脫離，喘口氣。

十四歲時的畢業旅行，你將成為全校焦點。在東部飯店的俱樂部舞池，激光迷離，節拍狂顫，你嬈晃腰肢，開疆擴土出一片天。你是圓心，所有人圈圍著。你化身濕婆，午夜限定，所有男女活人獻祭般依序與你共舞（我說注意，這隱喻關乎未來）。你將當晚與校草的合影放在筆記本透明封套內，你香汗淋漓的手勾著他的肩，你們貼得好緊。你開始渴望更多的注目，更多肉身，男體女體犬獸異形。你擔憂是否會一無所有的死去？徒剩醜陋，可笑的外表，沒有愛情（我給了你否定的答案）。

我只想說，別急。未來的你，將擁有許多，甚至過多，橫跨各式性別，種族，年齡的性。

你將嫻熟於情感的虛以委蛇，並發現愛情，其實是激情，友誼，與佔有慾的混搭，一種比人狗交更荒誕的發明。

It is a fucked up world, indeed.

三十四歲的我說。

但你將不再倚靠他者的信仰。你將成為自己的全知者。

你在這操蛋的世界裡，美麗，且強大。

——原載於二〇一九年四月二十二日《中國時報・人間副刊》

神話學：愛慾考古

mythologie 1

太初始，衛城上，諸神庇佑。據聞，人有三屬，太陽裔為男，地生為女，中族則屬月亮。所謂中族者，共俱陰陽，雙生也。亞里斯多芬如是道。

archéologie 1

追憶自身，情慾在飽滿，熟成前，曾以另種姿態深植稚軀。

那是種想望，一種單純的，渴望貼近另一具稚嫩軀體的想望。

初識此欲，約可溯至幼園年紀。

五歲，在那都心，獨棟三層樓的私立幼稚園。午睡時，我們紛紛趿著拖鞋，步入深廣半地下室。我們打開櫥櫃，攤開專屬睡袋，記憶中，那是豔黃色的輕薄人造纖維，上頭拓滿迪士尼鼠偶。偌大寢間，攤開睡袋的時機地點，極為重要，那攸關是日睡伴。我總緊握抽繩，待喜愛的男孩們就定位平整寢具時，再拖著豔黃袋，奔至對方身邊。

一起睡好嗎？

嗯。

半小時至四十分鐘，導師坐鎮後方。我有時眠睡，有時清醒。無夢時，我將鼻子深掩袋裡，探眼，見陽光透窗漫散幽室。靜極了，偶有鼾鳴，水族幫浦似，噗噗發出微弱聲響。我注視身旁睡伴的臉，端詳睫毛，雙頰，偶然翕動的唇。觀察陽光如何流淌，游移在他們烏嫩髮絲間。有時，他們因夢，將部分肢體掙脫出黃色的繭。若眾人皆睡，而導師也走了神，那便是幸運時刻。我會迅速闔眼，刻意用喉頭滾出水族幫浦聲，同時，慢慢，慢慢地調整軀體，伸出觸角，直至手掌，能疊上另一具溫熱掌心。

放學前約莫一小時的自由活動時間。學員們可尋找喜愛的夥伴們共讀，或遊戲。但此時，我會躲開喜愛的男孩們的邀請。轉醒時的他們顯得粗鄙，瘋狂追逐，喧囂。我選擇鑽入女孩群體。

一起玩好嗎？

嗯。

大家輪流念故事書，玩扮家家酒。團體裡，總有出落如公主的標緻女孩，高馬尾，粉嫩洋裝，滾邊蕾絲襪。她們睥睨野人般的他者，趾高氣昂圈圍成群，抵擋偶然來自男孩的刻意碰撞。

他們好噁心。她們說。

他們好噁心。我說。

mythologie 0

詩人阿伽松甫獲獎，甚喜，遂於自宅設宴，共計一晝夜，廣邀友人飲。阿伽松位中，眾人繞床坐臥。蘇格拉底隨侶遲至，眾人酩酊喧樂。阿伽松請蘇上榻同坐，席間，有人願以辯論為興。笛聲停，樂師，煙花女辭行。醫者亞歷克西瑪作題，何為愛慾？埃羅斯始源為何？云云。

archéologie 2

小學時，想望逐步具象化，客體化。於是，情慾成為情慾。

第一年，早自習時間，學校安排六年級學長們，一班配置三名，好維持新生秩序。習慣早到的我，總乖穩坐在位置上，低頭，不敢妄動。我把玩鉛筆盒裡每枝母親替我削妥的筆，半透明大眼蛙橡皮擦，搖晃那裝滿粉紅香水粒的迷你玻璃罐。我攤開嶄新作業簿，圖畫。

三名六年級生中，有位深膚學長，長相俊逸。望著他毅然走向青春期的軀，我懊惱著自身的孱弱。我常凝視黑板前的他，偷偷在簿子上，勾勒與他有關或無關的人形。

另一名白皙，斯文氣的六年生常同我談話。他喜歡跨坐前排椅，正眼視我。他雙臂環圈，枕在我的畫簿前，他將下巴頂在相交的雙腕上，頭左搖右擺。好乖。他邊看我繪圖，說。

斯文氣的他對我偏心。同學們如此抱怨。他總特派我為代理班長，遞給我一截粉筆，要我站上講臺，記下吵鬧的同學名，必要時，可任意責罰。每日早自習結束前，他會摸摸我的頭，投以微笑，即使他深知我的眼光，總逗留在深膚學長上。

一日，斯文氣的他如常坐前。旁側同學窸窣著前一日的電視節目，有人談及擁抱，男女，談及親吻。

斯文學長突然伸手，按住我的作業簿。

他近距離盯著我，笑咪咪地問：要我吻你嗎？

我傻愣無語，這問題似乎隱含了什麼，逾犯了什麼，但我無從表述。困惑鎮日，返家後，我將此事告知母親。母親嚴肅交代：千萬，千萬不可讓陌生人侵犯身體。

隨後的國小生活，男女壁壘分明。但我仍遊走兩端，下課同女孩談心，體育課與男孩嬉耍。要獲得女孩的信任，好容易，只須交換祕密，或藉由玩笑，半真假地說出殘忍話語。精緻的女孩們，是喜歡被數落的。

妳的鼻子好醜。

大家傳說某某喜歡妳。

美麗的女孩們厭惡著喜愛她們的人。

mythologie 2

亞里斯多芬續言，人形初，粗脖圓體，球狀身軀。單首共背，有雙臉，四腳四臂各居前後，耳眼成雙，性器各一。人行時快，手腳並用作翻滾狀。然人剛愎，貪婪黷武，欲攻神居。宙斯為減其力，將人三屬各自對剖。刑斬處，狀若空碗。為使人慚，宙斯命阿波羅倒轉人首，使人方得自視其傷。

archéologie 3

父親返美後，五十坪自宅，只剩我與母親。

倆人居家時間少，小一小二放學後，我會先返家，再同母親前往她師大後方的服飾店。那兒，我在側靜讀，伴她工作。唯有週末，我們會久待潔白空寂的公寓裡。客廳低矮木櫃上，擺著母親說具京都味的淺色粗石花瓶，上插乾枝枯葉。我常獨自轉著木紋貼皮電視機，欣賞卡通。

偶有訪客，多是乾媽們，或遠房親戚。母親同短髮阿姨來往密切。短髮阿姨的獨子，也是我的小表弟，恰巧與我同年，生時僅差兩個月。

短髮阿姨好能幹，比姨丈還能幹。母親說：她憑代書事業，兜售了好些土地，還在中部山區建了一座獨棟洋房，原木裝潢，歐式家具。還有花圃與私人停車房。

短髮阿姨偶爾攜夫帶子北上來訪。用完晚膳，母親會扳開自釀梅酒桶，與短髮阿姨，姨丈三人舉杯談心。我跟小表弟則跑至客廳嬉戲。

一日，我們關掉大燈，徒留電視跳閃光影。

當昏昧夜色從窗外漫了近，我們在地板上，玩玩具車與模型機器人。

來玩扮家家酒。小表弟提議：我當先生，你當太太。

他要我起身，坐上身後繁複阿拉伯編織飾紋的長沙發。我們伸手擁抱，小表弟將嘴唇緊貼我唇。

可將身體交予熟人吧？我心底自問。他溫暖的舌，早如軟體生物，緩緩鑽入我腔，再吸盤般緊黏我舌。我們吸吮。兩截粉色軟物，似脫離主體，自有生命。他們恩愛，繾綣，兀自繁衍。

四腳交纏，小表弟將手探進我的衣物內。好熱，我全身飄起騰騰蒸汽。想要徹底沒入小表弟的口腔深處。想要被徹底擁有。想要被溫暖而溼潤地緊緊裹覆。那刻，我感覺下腹異常挺硬。

在幹麼？母親從餐廳探出身子，酡紅著淺沾酒意的臉，問。我們閃電般迅速抽離彼此，佯裝無聊地看電視。

待母親轉頭，迷離光影中，我們再度合而為一。

mythologie 3

亞里斯多芬又言，以臍為點，神縫人，削其餘肉，以填軀幹空腕處後，再塑形成柱。自始，人可雙腳立行。然逆首者，欲尋伴，好返原型。人兩兩互擁，因憂恐分離，久久觳觫不動，終至三屬皆亡。宙斯憫，還魂男女二屬，且將男根置前，再賜性慾。爾後，男女可因慾相擁，得以子嗣。男男恩愛者為佳，相好後，得以政治。

archéologie 4

小學末梢時光，母親安排我進補習班，我開始識得他校玩伴。升中學的暑假，九月開學前，我們汗流浹背地擠在教室考分班測驗。

國一國二補習班按測驗結果，A班人數精簡，享較優師資。而B班學生，摩肩擦踵，擠在彎繞甬道後的內裡教室。兩班下課時間交錯，偶有重疊。A班的我們渾身傲氣，我與那些晶瑩剔透的女孩們在走廊浪笑，吵鬧，或久據盥洗室內妝扮蜚語。

B班學生們，則恍若背負悶重夏日積雲。他們疲憊無采，低頭默行。他們不常在走廊活動或下樓買零嘴打牙祭。他們盥洗後，迅速鑽入深陷於走道底的專屬區，我們暗自將他們取上可笑綽號。

偶爾，我同母親撒謊，佯裝赴補習班同學的約，實則獨乘公車至公館書店。亮晃，整潔的空間令人侷促，或許因口袋揣著積存數千的零用金。

我貓步至轉角，抽出新上市的雜誌。

結帳時，扭捏不安，總擔憂店員反應。抵家，趁母親不注意時奔進房間，躲入被窩，輕褪去雜誌透明封套，方得安心。

B4大小，歐美貨，翻開來，總有好聞氣味。我喜歡將鼻尖湊緊，恣意吸嗅。內頁或全彩，黑白，是約聘攝影師依當季主題拍攝的男體寫真。稜角分明的臉，金褐髮，入池淋漓的方整肌肉，沁成半透明的薄料衣物緊貼，眼梢半睵蘊含春色無限。我一頁頁翻，端詳那半褪褻服邊，不意露出的私密膚肉。我將多本雜誌藏於被單，枕頭套底，或隨講義塞於床沿縫隙。

我還添購了一本《金西報告》。許多章節被我折以邊角，做記。

少年性遊戲，前青春期的性高潮，自慰與年齡，同性性反應與性接觸。先跳過圖表，數據與理論，我反覆咀嚼各章篇作者節錄的匿名訪談。美國異性戀少年居家打手槍比賽，自瀆癖，肛交，乳交與各式幻夢。冶豔文字成了枕邊語，我覆蹈在他者的敘述之境，徹夜難眠。

mythologie 4

蘇格拉底起身，言，阿芙蘿黛蒂誕生時，諸神會飲，富足之父波羅斯列席。宴後，貧窮之母佩尼亞與會，行乞，但見波羅斯離座於宙斯花園短憩，貧窮之母尾隨其後，伺機而動。後妊娠，產子一名，名埃羅斯，司慾。承雙親互異之性，亦美，亦醜，亦善，亦邪，然埃羅斯自知所缺，進而追尋智識。

archéologie 5

為應付聯考，國三衝刺班AB分野消匿。我們一視同仁地走進那凹陷內裡。

逐排挑高的連號座，狹小空間擠滿五十名各校男女，鮮有假期。原攀附此室的晦濛暗影，傳染病般捲席。我們疲憊地，在慘白光照下，填寫無止盡的測驗卷。

週末整天唯一較長的喘息，是午休。

我們可自行挑選無人教室。有人趴著，有人將幾張白鐵椅並排，橫躺而寢。這時，像小時候，我會在平躺鐵椅休憩的男孩們身後，趴著休息。過冷的空調令人哆嗦，我披上外套，蒙頭假寐，且不時透過衣隙，留意牆上長短針的步履。在暗裡，待對方奏起鼻息均勻，我會伸頭，挺腰彎身，緊瞅那棉質料底，飽藏熔岩的半眠山線。那隆起之丘，飄散騰騰熱氣。我伸手，以指尖，至輕至緩地，撫那陵線高低。

有幾次他們抬頭，迷迷糊糊睜開眼。我倏地撤手，縮回偽裝的外套殼裡。

密集共處後，原本不熟的兩班同學開始交際。

放學時，我們群聚門口閒聊，待家長紛紛將子女接走，幾名近居者，再沿途依序道別。蠢鹿原在B班，我們分住同條巷子最首與最尾，常是他牽著自行車，同我散步回家。他膚白，有雙澄澈無辜的大眼睛，與魯道夫似的酒糟鼻，個子雖高，卻一臉稚氣。

扯髮，拉肩帶，將寫著粗字的便條紙黏貼於他人背上。蠢鹿喜歡作弄源自B班的女孩們。他伸手迅速，屢屢成功後，會矯捷地跳至一旁，捧腹大笑。

我跟蠢鹿少有交集，回家途中，兩人經常沉默。但夜讀《金西報告》的我，內心自有盤算。

有時，已至家門，我開啟話題，企圖延宕蠢鹿的離去。

他卻歪愣著腦袋瓜，不吭氣。

有時我會拉拉他衣角，有時我會在他身上胡揍幾拳。蠢鹿並不閃躲，也不反擊，這使我憤怒。有次，我打開大門，裡頭漆黑一片，我要他走進樓梯間。公寓四層高，我與母親同住頂樓。二樓三樓久無人居，這棟老舊斑駁的公寓，只屬於我與母親。

不開燈，我要蠢鹿背窗，直立在樓梯轉角。月光微弱地篩落在他身後，我將蠢鹿的書包一把扯下，並命他緊閉雙眼。我手探向他褲，蠢鹿試圖阻攔，我把他的雙掌粗暴甩開。

綿軟，滑溜，我隔著布料撫弄。星火在我體內燎燒，臟器彷彿已灼焦成炭。

我忙不迭地扯下他的褲子。

但，卻是一件與慾望絕緣的，泛黃，過度寬鬆且綻了線的兒童品牌內褲。我想笑。蠢鹿像朝會時雙手緊貼腿側立正站好，他的身子簌簌抖顫，嘴唇慘白。不要。蠢鹿哀求著。

我將他的內褲刷地褪至膝下。

噯。

失望透了。那是一截短小蒼白的肉芽，像小時養過的蠶，軟綿無力。我隨意擺弄，幼蠶毫無動靜。我抬頭，只見蠢鹿的臉，在暗裡皺成一只縮水的橘。火，是徹底滅了。好無聊。我拉起他的內褲。

蠢鹿趕緊整肅儀容。他撿起書包，跨上自行車後，奪門而出。

mythologie 5

費德洛讚，愛是神，至善神，男男若依道德相擁，可組驍勇軍旅，攻無不克。

阿伽松緩緩起身，嘆，諸君所言，皆讚人而非酬神，埃羅斯應屬諸神之最，至優，至美，青春永駐，且憐憫柔軟靈魂。

蘇格拉底搖手笑道，若人愛自身所缺之物，而愛是優美，那慾望本身，必然醜惡。

archéologie 6

關於蠢鹿，我僭越了什麼嗎?起初我並無答案。

此事未被任何人知曉。補習班放學後，他仍牽著自行車陪我回家。我意圖拖緩相處時間，他依然少話，卻開始抵抗了，我只成功地再將他拐進樓梯間一次，他卻怎樣也不肯讓我脫下制服褲。有人傳言，蠢鹿暗戀的漂亮女孩，是我的摯友，這讓我沮喪與憤怒。此後補習班下了課，我選擇獨自彎繞良久後，返家。

短髮阿姨病危了。某日課後，母親對我說。

阿姨淋巴癌末，從中部轉診進臺大醫院西址病房。母親殷勤探望，先添購吃食補劑品，再前往醫院與姨丈，小表弟輪值夜班。母親說：阿姨可能不久於世，一日，在旁的姨丈沖了牛肉泡麵，臥床的阿姨驚叫，拿走，拿走。姨丈不為所動，阿姨隨後哭喊，他們都要來了，他們都要來了。他們都要來抓我了。

真有鬼神嗎？我問母親。

我是篤信輪迴的。她回。

母親要我空出一天連假，拜訪短髮阿姨。我起先意興闌珊，但想到多年未見的小表弟，遂轉意允諾。入夜的腫瘤病房，少有人跡。我們穿過無數白漆拱廊，才抵達阿姨的單人房。

小表弟身子抽得比我高了，皮膚曬得黑裡透紅。他一見我，先是尷尬面色，猶豫一陣後，才上前禮貌地握了我的手。我不敢踏進病房半步，阿姨的肚子脹得巨大，母親說，是腹積水。阿姨的身軀插滿各式管線與疏導藥劑，她勉強撐開半隻眼睛，對我笑。

我打了顫，隨便點頭示意。我想帶小表弟去散心。我同母親說。

醫院裡，唯有花圃涼椅處隱密，浮著草腥的涼風徐徐，我們併肩坐，無有話題。小表弟應記得那日遊戲吧？我想。以為重逢後的我們，能再續前緣，但兩人遲遲未有動作。不知為何，最後我們歡快地在園裡追逐，大聲笑鬧。返回病房後，母親忿忿將我拉至走廊，低聲問：你好意思在這娛樂？

幾週後，阿姨咕嘟咕嘟冒著滿嘴血泡過世了。

母親說，阿姨過世當日，夜半，她在書房持經迴向時，感覺阿姨來看她了。那時窗櫺緊閉，對闔的沉重書櫃右門卻悄然敞開，近半分鐘後，再緩緩閉上。

我聽了毛骨悚然，阿姨會知曉小表弟與我的曾經嗎？還是她憎恨我探病時的不敬？

因為慾望，我可能僭越太多了，我想，為那體內熊焰。包括蠢鹿，包括獨自遊蕩的種種：深夜，我曾佇立一暫泊路邊的車前許久，內有拉低座椅的休憩男子，我敲打車窗，想要他緊緊抱我。或週末午休，我喘吁跑至中學旁的清真寺，擅闖進禮拜大殿左側，那潔白馬賽克磚細密堆砌的男子淨身浴堂，為是否該拾起一件無人招領的溼淋底褲，而躊躇許久。

如果真有鬼。

某個週末，無課。我搭公車至公館書店，在昏暗的宗教叢書角落覓得先前感興趣的，那本炭筆圖深色封面的魔法大全譯本。內文布滿喚魔前禱，多款契約，倒五芒星，水晶，鹽，炙成灰的貓頭，與各式生物排泄物或乾屍準備之必要，新月或滿月施咒時間有別，再搭配各式儀軌，插畫。

有改運法，增魅術，催情術，惡眼等詛咒。

我翻開名為與惡魔交媾的章節，內述受詛者會在午夜夢迴與撒旦相合，惡魔的陰莖極小而冷，凡與之交媾者，將終生性冷感。

諸事皆備。

我先將陽臺的金爐偷偷藏在書桌底。一個新月當空的夜，我在床上墊塊布，爐擺其上。我拉開窗，燃起打火器，將枕邊所有雜誌一焚而燼。取出所需要的生物肝體，畫下結界。但求以冰冷，覆蓋烈焰。好斷那蔓延無垠的膚色想望。

徹夜，我虔誠地對自己施了咒。

mythologie 6

門外，巨聲響，有人叩門數回。阿爾希比亞德斯酩酊入室。

阿爾希比亞德斯視阿伽松舉止嬈媚，與蘇狎暱，遂嫉言，君愛青春貌美者，何不眷我？我曾多次誘君，君卻八方不動。

蘇格拉底笑道，色衰愛弛，非愛也。身體髮膚不若德智，歷久而彌堅。

夜深，眾人疲酣而睡。

阿伽松，亞里斯多芬，蘇格拉底未眠，始論悲劇，至東方白，兩人昏沉就寢。

晨光裡，蘇格拉底作禮而別。

——原載於《幼獅文藝》第七九九期

城市學：防止傾斜蔓延

你自幼成長於一歪斜公寓，舊城區老水圳填補成的大道旁，巷弄拐彎裡，屋齡近半世紀，粗礪洗石子的牆，頂層無浪板加蓋，獨立式的一樓經營托兒所。二三四樓出入處相同，共用細膩質地的磨石面樓梯。鏽蝕的灰藍對開式鐵門隔絕外界，門頂磚沿垂下須定時修剪的地錦草。母親說，開了門，若隔幾步拉開距離，觀望，能發現老公寓，斜斜地，三度，四度朝右傾。

家位四樓。頂樓大片空地，防水漆色彩斑駁。破地而出，鏽蝕成紅銅色，尖爪般彎曲的細鋼骨參差點綴。母親說，那圈圍守護，不及成年人大腿高的，叫女兒牆。牆垣四邊接連處，可見強震時劈砍的深深裂痕，屋宇負傷處，金屬筋韌顯露無遺。年幼之際，你會趁母親不注意時，獨上屋頂。懼高的你，將頭與半個身子探出矮牆，俯瞰午後的巷弄寧靜，頭越彎越低，直至恐懼凝結成黑色的烏雲，群聚印堂，成淒風苦雨，你才趕緊將身子縮回。

整棟樓，赤條條的，無添鐵窗。熱帶氣旋經年凌虐後，樓梯間，腐朽了白漆木質欄檻。徒剩的半面霧花玻璃，無法阻攔風雨。

成長記憶裡，整棟公寓是孤寂的，只有你跟母親。二樓早先短期居住著屋主顏女士，深諳日語斑白頭髮。三樓住著朱家，長女自幼學琴，苦練芭蕾，而朱小弟與你同年，始終維持著不冷不熱的友誼。

當你步入青春期，二樓顏女士搬至同巷的雙拼大樓。而三樓舉家遷徙到不遠的新興大廈。於是整座空蕩，歪斜，穿風曝雨的公寓，剩下你與母親。

而母親自幼成長於城區另處，廟宇後方那彌散藥草與脂粉味的巷弄深處。誠如人們所說居處影響心靈，母親極早親近宗教，四樓老公寓書房左側清隔出的神龕前，她每日盤腿靜觀，自成天地。於是，這座歪斜，詭譎的田宅隱喻，孤獨地指向你。

長年行住坐臥於這岌岌可危的，分崩離析的，內裡布滿浮腫壁癌，粉塵，垂吊無數衣蛾幼蟲的公寓裡。你過早參透己身偏離正常的命運軌跡。

青春期的你，在三樓與四樓的轉角，發現了性。

身處樓梯偏右暗隅，透過殘缺洞窗，斜角俯視，你能望見對巷二樓住戶剪影。橘黃暖色的客廳，配置一對夫妻，與其幼女。客廳後方敞開的盥洗室，荷綠磁磚壁，比鄰著成人與幼兒坐桶。溽暑傍晚，樓身暗處，你能瞥見一絲不掛的稚幼軀體。女孩腿間，開翕一雙孱白魚吻。她的父母，總衣著整齊，貼心地用毛巾攏攏她潤溼的髮，身軀。但你發現，倘若景框湊巧父女同景，那擦澡的動作便緩慢，而悠長，客廳裡的光源，不知不覺隨日落漸稀，最後，剩下黑暗中黏附魚唇上的一雙粗大手掌。

你躲在樓梯轉角，目不轉睛。

也有等待母親熟睡後，獨自登樓的夜。

深紫蒼穹，微弱星辰閃爍雲腹裡，你以掌貼牆，沿女兒牆行，有時止步東側，遙望對巷二樓住戶，那一家三口擁擠的床。有時止於西側，拔高的五層建物與頂樓違建阻絕夜色，你透過偏移的角度，將頭探出女兒牆，窺視西側四樓住戶同齡少年的裸裎身軀。那寬鬆平口四角褲的幽深處，有時需要踮起腳尖，才能一探究竟。

你如是獵捕人們熟睡的臉龐，彎曲的背脊與腳掌弧度。你豎耳，聆聽低迴巷弄間的囈語，最後躡腳回房，枕上反芻記憶。孤獨的你，閉眼細數一具具肉身，直至夢境深處，男女鄰居夢遊般，推開那扇鏽蝕的藍灰大門，攀上樓梯，與你共眠。

你私心急於汰換每日同枕面容，於是，你拉長深夜窺探的時刻，存錢，瞞著母親買了副高倍數望遠鏡。你不顧危險攀牆，翻越天井，只為站上隔壁頂樓曬衣場，以便開疆擴土視線所及之地。夜寐時，新狩獵的臉龐輾轉入夢。你們不再單純相擁而眠，而是將身體扭曲成各式角度，你們接吻，進入彼此。

夢境日漸怪誕，傾斜。

最後，一如某日母親轉述的新聞場景（回憶遠景，德國卡塞爾市，一名男子在網站上徵求被食者，他讓對方服用大量安眠藥後，切除其陽具，翌日，再斬削其肉，調味烹食。最後將自願者的頭顱埋於自家花圃。）混沌夢境，柔焦畫面為底，倏地，特寫鏡頭般你獨獨看清流理臺上堆疊著被肢解的鄰居男男女女。而你手持刀叉，端坐桌前，津津有味咀嚼著淋漓鮮血的乳房與陰莖。你驚醒，渾身淌汗，牙根顫抖，卻不願停止夜行。後期夢境轉譯成滿巷住民，在月夜，魚貫而入至公寓四樓，生吞活剝你與母親。

清醒後的你仍不死心，如常登樓觀景。

終至某日書房桌面塌陷，崩落。母親發現神龕底部，遭受白蟻大舉入侵。母親要你戴上口罩與粗棉手套，摘除隱匿書櫃中，蜂窩大小的白蟻巢穴。然而蟻群仍在深夜時刻，沿縫，直搗家中各式木製家具，細細齧咬。無數成蟲衣蛾，紛紛鑽開灰扁的菱形軀殼，或展翅狂舞，或無聲攀附櫥櫃深處，蠶食母親衣裙。你才驚覺，原來夢，早以奇異角度斜插進現實肌理。弔詭性慾，穿透次元薄膜，摧毀你與母親相依為命的生活場域。

你逐一細數，那些過往被忽視的，敷上一層夢的汁液與隱喻色澤的，有生命或無生命物體。

小學時，一霧濛早晨，你與三樓朱小弟攜手上學。他沿途喃喃，重述前晚電視情節。你異常煩躁，無心傾聽。當共行至後街轉角，那白底藍灰壁磚，每戶陽臺均嵌紫黑欄杆的美國在臺協會員工宿舍底，一隻蓬尾，下頷抖晃鮮紅肉垂的雞，打面前疾步而過。牠縮羽，擠身，在鑽進鐵圍籬裡，那竄滿青草的宿舍尾院前，回頭直瞪你。你首次目擊一隻野放於水泥聚落裡的禽。是日放課，雨後，你在母親的店外頭玩耍打滑，後腦叩上花臺尖，鑿穿拇指大小的傷，深能見骨。居家療養期，母親在你枕頭下搜出一把利剪。雞，頭傷，銳器。如今你湊得密語，對應出預兆體，指涉事件，與深層前導物。

你還想起在自家陽臺遭蜂吻是夜，氣喘急診。小學畢業典禮當天，返家打開四樓白漆木門時，迎面襲來的蝙蝠，那短暫倒懸於樓梯角牆深處之物，彷彿一深黑色的，終結你寂寞而不甚愉悅的六年求學經驗的，墨黑句點。

如是覺知象徵物，你與屋宇的神祕互文性，你停止了夜的窺探，丟棄望遠鏡，並於頂樓入口處堆疊數件大型家具試圖阻止夢的蔓延。你杜絕所有邪念，想起防止屋宇持續斜傾的有效方法，便是在四周搭建防欄護網，層層牽制，或以側撐工法，物理性施壓，使結構體反向正扶而起。然而，慾望仍灼灼燃燒著每夜你孤枕之軀。青春期的你，開始學母親每日誦經，陰曆初一十五茹素。

母親取得佛學講座門票，要你同行。你們乘車至城市東際邊陲，途經一片片圈圍起做都市計畫區的荒煙蔓草，終至一高聳，突兀的簇新商辦大樓會議室。環形設計，場內信徒黑壓壓擠滿如電影院逐排挑高的紅椅座。入內脫鞋後，你與母親欠身穿越盤腿閉目養息，身著僧服的出家眾，與數排優婆塞優婆夷。你們在會議室後方覓得空位。

空調極冷，室內燈光漸次昏暗。前方信眾拉下投影布，放映拓了經文的投影片。此時，一藏紅身影，緩緩，自門口由護法左右相伴至中央講臺。你與母親合掌，隨眾人低吟祈請文後，頂禮而坐。那是堪布。母親在你耳邊說。

堪布用淺含藏語餘韻的中文，闡釋五蘊。你見幻燈片切至一暗底深景，獨燃單支線香。隨後幾張投影，連環圖般，顯示線香徐徐自黑景朝順時鐘方向移動，終至燃火流光，圍繞成圈。

堪布言，此乃旋火輪。

你諦聽再諦聽堪布詳釋空性：線香始終是線香，兀自獨燃，並無改變，眼根所視之輪，獨屬觀者知覺。所見所感皆空，微塵皆幻。如西方物理論中的海森堡測不準原理，人的意識影響著物體的存有。

會議室後方的你，聞此，手心冒汗，口乾舌燥，身子不自主地輕微晃動。你想，是了，關於宇宙洪荒之虛無，關於觀看與自身的介入。壇城是心，壇城是身。若一沙一界一塵一劫皆由不可定粒子所組，特殊的參與行為，使其大於所觀，你想，必能改變其波長與因緣。

自此，當夜探之慾，仍不時竄起，你決意壓制，在日常生活中設下繁文縟節。

心神不寧時，你洗手。談話間，不再使用隱藏負面色彩的詞彙，深怕招致噩運。你習慣出家門的時候先踏左腳，上樓梯的時候輕踩右腳，睡覺面牆蜷縮成嬰兒形體，閱讀中斷時必停留在尾數為三的頁面上。（你將己身縱剖二半，左邊代表幸運，右邊意味常規。你以質數標準選取神聖數字，而三含括天地人，過去世現在世未來世，生死中陰，因此所有三的倍數於你皆屬神聖）與他人交談時，若聞死亡，失敗等詞，你洗手，或以指尖輕敲桌面三次。外出時若不便洗手，你踩步，彈指，右手彈指聲響須準確落在左腳踩踏三或其倍數的步伐上。若他人不小心碰觸己身，你會朝那處輕輕吹氣。

日常路徑，總因新聞更改。你勤記城內近期發生的自殺墜樓或凶案地點，短日內，若須至鄰近地區，踩地雷遊戲般，你必得繞路。

如此，你將生活切割成不同的禁忌與對應策略。你在反覆反覆與反覆裡獲得安寧。

不料母親某日提及，美國在臺協會員工宿舍旁，那恆晚，旁有細長如戟，耀閃詭紅十字燈架的長老教會，竟是美麗島事件被告，林姓省議員家宅血案事發地。母親繪聲繪影，描述未逮凶嫌如何於地下室闃黑房內，以單刀，分別穿刺兩名年幼雙胞胎姊妹的胸，背。如何六刀重傷長姊。而林氏母親，如何受十四回劈砍後，仍像一尾瀕死斷身的鰍，彎拖著長長血痕，試圖爬上階梯，伸手，向外求援。

那是小學，每日你與朱小弟上學的必經之徑。

你恍然大悟，原來童年校園的所有悒鬱，其來有自。你想難怪這社區多產精神異常者。那名從二樓窗臺砸下一架電視的男子。那名由祖父母收養，入中年，卻總歪著頭，穿粉嫩洋裝戴粉紅緞帶髮箍的失語女子（你曾多想夜探她褪下衣物的身軀）。還有西側，那總在深夜咆哮哭喊的，與你同年的男孩。還有還有，或許，還有你的父親，還有你。（瘋子，被排擠的校園生活，血宅。預兆體，指涉事件，深層前導物。為何那時你未讀懂這重複再重複的隱喻？）

幸好你已洞悉扭轉乾坤之祕法。你確信為時未晚。

母親凝視盥洗間裡，頻繁洗手的你。她疑心你受侵入性思維而產生的強迫症反應。你矢口否認，試圖同母親解釋，如何透過有效掌控己身思維，防患整座公寓的傾頹於未然。你說，那一夕間銷聲匿跡的白蟻與衣蛾，便是最佳證據，要先解救這危樓，再擴大意念網絡，安全結界相鄰的四方社區。母親覺得你需要看心理醫生。你不語，逕自背對母親不停搓手清洗。你鎖上房門，試圖在月光踏入這座右傾的公寓時刻，以最快速度，躺平，呈嬰兒之姿，睡去。

你想翌日得早早喚母親下樓，要她在巷弄裡抬頭，仰望這幢朝中軸緩緩正移的老舊公寓。你要她見證，你沒有瘋，且你是如何成功改寫他人口中命定的，傾斜軌跡。

——原載於香港《字花》第八四期

系譜學：少女與孔雀

第一個知曉我各式祕密的，是奈奈。

國小初高年級同班，奈奈屬於必然被揶揄調侃的女孩。冬瓜臉，綠豆眼，牙齒參差。她身形腴潤，比多數男孩高。奈奈慣性駝肩凸腹，模樣滑稽卻作公主打扮，以粉紅瑪莉珍鞋，蕾絲襪配制服。長髮放下時，戴紅白格紋箍。綁馬尾時，用含亮片金粉的中空塑膠髮飾。

奈奈有朋友的，初年級是武內直子《美少女戰士》的風靡年代。她集滿整套隱藏版金卡，鑽石鑲邊卡。桌椅上擺齊從日本帶回的書包，墊板，多功能鉛筆盒。幾名女孩總圍在一旁欣賞。奈奈是大方的，她贈送重複或多餘的物品，久了，眾人成團。奈奈分賜果物糕點名稱，好仿戰士代號。

較長的下課，我與男孩們奔至西門。那是校園裡罕見的人稀角落，穿過褐色方形磚砌的月門洞，上了階，便有條陽光透不進的寬深甬道。我們在那摩拳擦掌，靜候奈奈與她的黨羽。

以摸牆壁為基調。男女分踞，各推一人為首，雙方輪喊口號，聞令，全員齊跑左右換位。走道寬，穿梭其間若男女相逢，可攻擊，直至對方達陣手觸另側牆面為止。

遊戲何其暴戾。臂上攀爬血爪的男孩們不遑多讓，伸腳，從女孩們膝蓋後彎處狠狠踹下。她們狼狽跌跪。我們哈哈大笑。奈奈被整得最慘，髮亂裙歪，四肢布滿瘀傷。但她拒絕求饒，每當拳頭緊密落下時，她抬頭轉圈，大喊：「美少女戰士，變身。」女孩們聞之，起身反擊。遊戲最後，總是眾人興奮尖叫，相互推搡。

未曾有參與者哭啼洩漏風聲，我們樂此不疲地折騰彼此。男孩們總數落我，認為我專注於逃亡換位，未參與打鬥，沒義氣。我只好涎著臉一個勁地賠不是。「好怕痛啊。」我總是這麼說。他們笑我娘，我瞇眼不語，心底暗嘲：「這幫蠢材，竟不曾懷疑我的臥底身分。」

我與奈奈常往來。

鍾情《美少女戰士》，我瘋狂自書店收購各式護貝卡與相關文具，怕被詬病，一切得不著痕跡。我將所擁物，分叉擺藏在課本夾頁或抽屜深處，偶趁早自習或午休時悄悄把玩。

唯奈奈眼尖。我們維持弔詭的雙面情誼。表面上，我仍在下課時同男孩們欺負她。但私下，我將男孩們一切關於喜歡與憎厭之事，偷渡予她。

我倆更以筆記互通有無。空白作業本上，奈奈畫著一頁又一頁四格畫，皆屬

《美少女戰士》衍生創作，她自編對白，任劇情旁枝蔓想。看久了，我不甘示弱，動筆參與。每天放學，排路隊前的空檔趁大家不注意，我們互換畫簿返家欣賞，並在空格處，為對方寫下建言。

與奈奈熟稔，才發現那喜感而唐突的軀殼底，是顆純粹的心。奈奈相信少女漫畫裡的救贖，這是她以絾默肉身抵擋暴力與恥笑之因。她堅信積累的痛，將帶來等價甜蜜。

兩人交際，有時也力不從心。她無可撼動的樂觀困惑著我，總是滔滔不絕對我闡述未來，卻不願聽我分享半點心事。

我在過早的年紀知曉了成人禁忌。

初年級，除了《美少女戰士》，我著迷另款與我同年出生的作品，荻野真《孔雀王》。母親分租的服飾店裡，攘來熙往，記不清是哪位男子贈我此書。臨兵鬥者皆陣列在前。我失心瘋反覆練習主角孔雀驅魔締結的九字真言繁複手印，並定期以零用金，賄賂店內工讀生姊姊代購限制級單行本。

工讀生姊姊替我解釋，以日本真言宗高野山為背景，荻野真建構一密教戰鬥集團，對抗胎藏界曼陀羅中心，中台八葉院為藍本的八葉老師。我迫不及待地翻，女妖全裸，玉體橫陳，開腿拗背，以飽滿乳房魅僧惑眾。著結袈裟，獸皮引敷，腳絆，攜獨鈷杵，作修驗道山伏打扮的孔雀亦不時落衣赤條，露赳赳雄肌伏鬼斬怪。

迷上阿修羅，不動明王，愛染明王。

有時我捧書，坐在不起眼的角落，看畫中人交疊吁喘，覺知身子熱得像冬季的滾燒紅炭。我企圖縮臀收腹，我交疊雙腿，好掩褲襠下的硬挺。怪奇舉止難逃母親法眼，一日她猛然抽起漫畫，刷刷檢閱。

母親駭然。

我辯解：女子腿間，是橢圓白圈。男子下身，是肯尼娃娃似的平坦黑色集中線，何淫之有？母親氣得罰我一個月不能看任何閒書，並將《孔雀王》悉數扔去。

這些全不是奈奈可以理解，或願意理解的。我感到寂寞。

中年級，未有任何熟識者與我同班。

導師是名黝黑的短髮中年女子，她教學嚴謹，同學們綿羊般乖馴。下課時，男孩們無聲地在球場揮汗。女孩們待室內閱讀珠算。唯我成了怪胎，仍以言語挑釁，恥笑女孩，或獨自一人徘徊陰森的長方庭院，在杜鵑花叢後的老長頸鹿彩漆鐵偶上鑽上爬下。

《孔雀王》事件後，母親緊迫盯人。她趁工作空檔檢閱作業，並命我寫上多版參考書。那締造了我學業輝煌的一段時光。但這卻引起好學生們，甚至家長的不滿。

母親提及，家長會時，有人忿忿走到她身邊說：「你兒子不是資優生，憑什麼考得比參加資優課程的人好？」

我被徹底孤立。但被孤立也有好處，可以不在意他者眼光。我將自創的美少女戰士插畫，或各式日本高校女孩制服手繪大方擺於透明桌墊下，並開始用起粉色系文具。

娘，要娘得徹底。

有禮貌的男孩們不敢譏笑我，只在分組時沉默，或趁體育課打躲避球急急將我扣殺出場。女孩們卻對我異常好奇，有人捧著自繪美少女圖，走到我的課桌旁，想與我分享。但我想當名決然的怪胎，遂回些無禮語言：「用墊板描的不算數。」「妳畫的主角好像小兒痲痺。」

我唯同奈奈保持交際。

她長得更高了，胸部也比同齡女生隆起許多。不再有女孩圍繞身旁的她，每隔幾天會穿過長長走廊，先趴在窗臺喊名字，再將多本少女漫畫與自繪故事塞進我的懷裡。她的到來，總引起班上，甚至隔壁班的竊竊私語：「看哪，醜女與怪胎。」

晚餐前後，我們互通電話，討論少女漫畫情節。奈奈盯《美少女戰士》進度之緊，要家人每月攜她至東區太平洋崇光百貨樓上書店，買漫畫月刊《なかよし》，我如是跟進。她會在話筒裡替我翻譯，我眼耳並用，追著一圈圈氣泡似的對話框。問她怎麼會日文？她說自學的，太愛少女漫畫了，以後想成為職業漫畫家。「原版內容不能全懂，但有時看上下格配圖，倒也能推敲出所以然。」她如此解釋。

無聊時，我們翻開《なかよし》後半介紹日本女中學生流行物件，戀愛白魔法或少女穿搭專欄。奈奈的嗜語症極致發揮，不厭其煩替我解釋那些漢字未能抵達的地方。

小耳朵盜接潮，若要看臺灣未映的《美少女戰士》卡通，得趁週末去親戚家，在數百臺亂碼與滿溢雜訊的低畫質頻道裡覓尋芳跡。

但有些世界卻被永遠遺落了。

難以忘懷孔雀樹立的男性形象，我試圖在少男漫畫中找尋他的遺族。唯體育系列不看，我買了一套又一套《七龍珠》，《聖鬥士星矢》與《幽遊白書》。但沒有任何角色可取代孔雀。

唯一近似畫風與人物設計，是北条司的《城市獵人》，主角近似的時而憨愣，時而颯俊。我在床頭櫃上擺了幾張撲克牌大小的《城市獵人》套卡。睡不著時，就看著摸著冴羽獠的臉。

有一張我極珍愛。那是他穿藻綠長袖襯衫與合身湖水綠西裝褲，嘴叼燃菸，靠在墨綠色復古跑車引擎蓋上。冴羽獠三七步站，敞開幾顆衫釦的開襟處，裸露方整胸肌。那隨意翻捲於腕的衣袖下，是綳實的側腕肌，與青蛇似遊走的浮凸血管。

某個難以入眠的週末晨間，我盯著這張卡，良久。腦中回憶蒙太奇閃跳，是《孔雀王》裡肢體虬纏的奇異角度，與幾名想親近卻不得的男孩。所有畫面扭轉成漩渦似的點，那點緊鎖於冴羽獠的眉間。極短剎那，我掉進去了，所有神識與時間感塌陷，墜落。想起密宗裡，焰摩天人，執手而性。兜率天與化樂天人，笑靨而性。他化自在天人，相視而性。在那決然而短暫的黑裡，我體內迸炸出五彩花火，隨後疲倦潮浪而來，沉甜睡去。

往後依樣畫葫蘆，我緊瞅愛卡，瞪得兩眼發直，紙片卻仍只是紙片，不具魔力。瘋買，飽覽少男少女漫畫。遍尋下具可戀的男性形象，未果，卻在迥異的時空旅程覓得近似身影。

天王遙。仙女座瞬，黃金聖鬥士處女座沙加，雙魚座阿波羅迪。妖狐藏馬。特南克斯，人造人間十八號。早乙女亂馬。紅南國朱雀七星士的柳宿。

他們並非怪胎，而是具迷人的混淆性別氣質。

不再柔媚的旦，不再英挺的生。缺乏稜角與界線，一切軟乎輕盈。如菩提薩埵作千面觀，他們化為玫瑰與薔薇的雄性神妖，可男可女變異體質者，男扮女裝者，女扮男裝者，同性戀與生化賽伯格。

那都是我。分裂於不同時空，劇情的我。我小心翼翼拾起每個角色，藏於心底，畫於筆尖。

高年級，奈奈與我再度同窗。

奈奈跟我說，她戀愛了。對象是班上同學。我無法同理她的品味。男孩丹鳳眼，有復活節島摩艾石像似的長方臉，稀疏鬈髮溼答答地塌在頭頂。優點？可能是功課尚可，具籃球興趣。

過人，是奈奈替男孩取的代號。她以為男孩諸事皆有過人之處。我聽過，害臊極了，彷彿奈奈說的無關魅力，而是褲襠裡的祕密。

她大方示愛，在過人抽屜裡塞滿一封封情書。她提早上學，在對方桌上擺些紙星星或巧克力。班會選舉時，更熱情地在各股長名單下，登記過人的名字。

那時，我在意隔壁班一位男孩。男孩是體育健將，高高的，長至眉際的黑褐色中分髮，小麥肌。我常靠二樓花臺，遠望當體育股長的他，與同伴協力拖拉整籃足球箱橫越黃禿禿的操場。

心懷祕密，惴惴不安。我想自己真是怪胎，一個在真實世界戀愛男孩的男孩。每天放學，奈奈仍同我講一兩個小時電話，除了漫畫，她花更多時間絮叨過人的一切。我欽羨她能輕易說愛。聽她築構與過人的未來，我心刺痛。

某天我忍不住對她說：「我愛上隔壁班的男孩了。」奈奈罕見地沉默幾秒，說：「這樣啊……」

「我們還是朋友嗎？」我怯怯問。「當然。」她爽快回答。

「不覺得我很變態嗎？」

「不就像天王遙跟海王滿交往，或《夢幻遊戲》柳宿喜歡星宿那樣嗎？」

「或許我跟柳宿一樣，有天也會喜歡女生的。」我說。

戀愛刺激想像，奈奈不再畫《美少女戰士》四格畫了，而在空白簿上描繪與過人的長篇高校愛情故事。同時，她好開心講談社正式將《なかよし》授權予長鴻出版社，此後，只須打開《美少女月刊》便可追上最新連載。《美少女月刊》上，除了幾部日本作品，更刊登臺灣漫畫家的原創內容。奈奈動真格，想以漫畫家為志業。她與我研究起臺灣作者的自創風格，發表與出道途徑。

為此，我們同時參考大然出版社的《公主》與東立出版的《星少女》月刊。《公主》半數內容取材自日本小學館《少女コミック》，有齋藤千穗，北川美幸與篠原千繪。有當時韓國正紅的《浪漫滿屋》，還有依歡，高永等臺灣原創。奈奈是《公主》鐵粉，或因該雜誌為新興創作者，闢了一條花路。每期月刊，總有專欄，選數幅讀者投稿的自創單幅作，編輯更請臺灣漫畫家逐件評析。

每年舉辦的公主漫畫新人獎，更曾祭出百萬獎金。

我卻挺被動，甘於做《星少女》的忠實讀者。該刊物特別處，是全書皆由臺灣創作者編繪。相較早先日系的超能格鬥與穿越時空，我戀上了一個湮遠飄渺的古風世界。羅玲《戲水蝶衣》裡的民初上海。張籬《玉狐》的聊齋風景，與侯采佑《斷腕公主》裡塵沙漫天的龜茲國。

愛彌兒的《斷袖》，更是首部以同志戀為主旋律的我的珍藏。

狂戀至極，我甚至在國小下課後，跑至東門的何嘉仁或金石堂文具部，挑選精緻可愛的香水信紙，寫長達數頁的愛慕之情。最後既期待又怕受傷害地，附上一幅自繪少女圖，盼對方不吝指教。

寄至出版社的信多石沉大海。卻也有萬念俱灰，回家開信箱時收到的驚喜。是畫校園愛情搞笑《愛是億萬伏特》的楊邵倫，她回了封好長的答謝信，更贈我一張親筆創作，並客氣地，給予我繪圖建議。

喜孜孜地將信分享給奈奈，怎知她如法泡製，連續數月以私人創作轟炸《公主》的臺灣漫畫家。

為讓作品被刊登，奈奈添購整套正規漫畫工具，所費不貲，奮鬥數月未果。奈奈未氣餒，自曉投稿者素質高，獲選年齡最輕都在國中階段。她興沖沖著手開發其他管道。

有些事，我未同奈奈分享。

像對東立出版的《靈少女》月刊之愛即屬祕密。

有篇作品描述一繭居女子，某日獲得一捲錄影帶，與一對話腳本。她將錄影帶放進播放機，螢幕上出現一名英挺男子。餐廳背景。男子撥髮，搖晃手中杯，小口啜飲紅酒。他開口問話後，不語。女子低頭翻閱腳本，發現原來所有雙人對話，早已分幕式撰寫其間。她戀上了螢幕裡細心的情人。她背下整本臺詞，對答如流。她再也沒有離開過房間。

看完後，我好哀傷，彷彿窺見一則關於自身的未來隱喻。與人互動之不能，與社會相融之不能，唯可將自己困鎖在房間裡，就著螢幕喃喃自語。

原來終極的魔怪是心。

升六年級的暑假，母親見我情緒低迷，房裡堆疊許多封面陰森的漫畫，遂提議我參加禪寺辦的幼兒佛學營。「宗教可滌煩憂。」母親說。那陣子，她持經甚勤，還按地藏經行十齋日戒律。

我卻只想體驗當年孔雀在裡高野的修士生活，想運氣好的話，或許能覓得如高野山奧之院那被鎮鎖的魔界入口。

母親開車載我至基隆集合。眾人再轉旅遊車上山。彎徑幽幽。初抵寺院，換上淡灰色開襟制服，便依男女分宿分隊。

為期五天四夜的修士生活節奏單一，規律嚴謹。我們被喚作小星辰，睡上下床大通鋪，五點，寺裡敲起貫耳晨鐘。迷糊梳洗，用過早膳後持早課，頌心經大悲咒。法師隨後釋道，再要小星辰雙盤打禪。

挺脊不動，舌頂上顎，調息內觀。想不能想之事，不想。風扇旋轉聲調催人眠，有星辰歪身打盹，巡堂師傅便以戒尺大力拍肩。

下午反覆操演，晚課，用膳後極早入睡。每日最令人期待的，是盥洗時間。寺內設備有限，規定兩人共浴。困擠窄仄隔間，溫熱滑溜的身子緊緊相黏。邊打鬧，邊清潔，有時假惺惺提議相互搓背，但多數時，我只顧將眼睛，往那漫畫裡總被遮掩的地方探去。

行程竟真有《孔雀王》裡的苦行體驗。

我們被帶至寺院入口，那是一彎斜陡坡。老師父要我們三步一跪，九步一拜走回廟門。反覆將膝蓋，前額，雙掌叩在粗硬熱燙的柏油地。嶄新的制服髒了，破了，稚嫩的肌膚滲出血來。遠處傳來女孩們的哭啼，還有戒尺不停落下的聲音。我頭暈舌燥，最後渾身傷，軟倒在鋪滿蒲團的榻榻米墊上。

最後一日，我們齊聚影視廳，不用唸經聽課的難得時刻，燈光全束收暗時，大家發出興奮嗓音。怎料投影畫面，是泥濘豬圈。百豕嘶鳴亂竄，一穿長袖罩衣，膠鞋的男子持長刀，緩緩而來。幾名員工架起一隻嫩白多膘的豬。男子以西洋劍搏鬥姿，將刀插入喉頭。刀尖從另端刺穿而出。男子使力抽刀，暗血洶湧，噴泉般濺灑在攝影機鏡頭上。

小星辰裡有人哭了，有人衝入盥洗間吐了，更多人張口愣坐，露出驚懼後的呆滯神情。

結業式，老師父說，南閻浮提眾生，其性剛強，難調難伏。止殺業不轉輪迴的最好方法是茹素皈依。他問在座可有人欲發願，入佛門弟子行列。許是震撼教育奏效，連我在內的數百名男女，紛舉小手，我們依序上前，領了護照似的皈依證。

返家後，母親說我的眼神變了，成熟了些，清冷了些。我卻有歷劫歸來之感，無比疲憊。惶然的日子，我仍唸經，若持經能讓眾生女轉男身容貌姣好，我但求有人相守，不再寂寞。

小學畢業典禮，在驪歌與瘋狂簽名的混亂中結束。暑假最令人期盼的，是武內直子將首次來臺，參加第二屆漫畫博覽會。簽名會限額，得購買最新單行本或《美少女月刊》參加抽獎。

牽掛復牽掛，我跟奈奈的名字落了空。

某天我躺在床上試圖催眠自己，奈奈打來。接起話筒，只聽見她的狂熱嗓音，還有砰砰砰踩在彈簧墊上的躍動聲。「入選了。入選了。」奈奈高喊。

原來她偷偷寄了扮裝照片給雜誌，報名漫博當日特別活動「美少女戰士cosplay 大賞」，入圍的十位選手可獲當日簽名資格，並由武內直子親選前三名頒獎。

「真好。」我羨嫉地說。奈奈呵呵笑言：「你當然要陪我去啊。我們要一起去看武內直子。」

漫博會開幕前，奈奈要我為扮相出意見。那是我第一次去她家，師大附中左側巷弄裡的住宅，樓梯外蟬聲樹影綿延，進門，只見奈奈的母親從客廳沙發幽幽坐起身。她瘦高臉白，頭後綰著乾淨髮髻。穿寬版襯衫飄逸長裙，略施脂粉。阿姨對我微笑。

奈奈興高采烈地跑進臥室換裝，留我在客廳。

阿姨端出三層英式午茶盤盛的精緻茶點，其步伐，姿態之雅，彷彿漫畫裡的日本淑女。「感謝平日對小女的照顧。」語畢，她居然對我鞠了躬。我慌忙擺手。「她從小沒什麼知心朋友的，我要出門一趟，請你多陪陪她了。」阿姨臨走前說。

奈奈打開房門。她將及腰長髮放下，水手制服紅短裙，胸口黏著深紫絨布綁的蝴蝶結。她足蹬借來的彤色高跟鞋，指尖夾著一張草寫長方紙條。

「像不像火野麗？」她興奮說。

我鼓掌叫好。隔壁房間晃出身影，奈奈尖叫一聲。原來是她的外婆，老太太冷冷地瞥了我一眼，點頭，想上前替奈奈調整衣服。不料奈奈甩開她的手，以我未曾聽聞的凶狠口氣吼：「滾回房間啦。」老太太咕噥幾句我聽不懂的話，緩緩走入原先的陰暗角落。

「妳外婆不是臺灣人？」我問奈奈。

她點點頭。經我纏問許久，才透露外婆來自日據時代的漢城。奈奈的日文原來是耳濡目染下習得的，但鍾愛東瀛文化的她，憎惡自己的混血身分，並討厭貧窮的關於朝鮮的一切。

第二屆漫博辦在新光三越南西館。我與奈奈極早出門，百貨簷廊已排滿一圈圈搭帳篷，自帶板凳等候的入場者。我們繞至門邊提前報到，再由工作人員接領至樓上會議室休憩。

所有 coser 圍坐，旁側是整片落地窗。盛夏豔陽透過隔壁玻璃帷幕折射而入，空調徐涼，大家卻不怎麼談話，空氣中飄著淡淡的競爭味。

有人陸續著裝，從行李箱裡翻掏許多飾物，假髮與化妝品。扮演冥王雪奈的姊姊刻意將肌膚塗深幾個色階，她戴墨綠假髮，穿及膝塑膠黑靴，甚至自組出一根等身長的偽石榴石手杖。

參賽者多著西門町制服店量身訂製品，或手工縫染的精美衣物。奈奈是參賽者裡年紀最小，打扮也最陽春的。毫無勝算的她卻滿場飛，同所有小姊姊攀談，互留聯絡方式，並由衷地稱讚對方打扮。

武內直子在幾名工作人員簇擁下，進入會議室。直子老師柳眉鳳眼，尾梢鬈翹的黑髮及肩，她穿無袖薰衣草紫薄紗洋裝，半透明質地，底下深色內衣隱隱而現。透過翻譯，老師表示想在簽名會前，先替大家加油。

奈奈最後奪得人氣獎。

漫漫長假，我們常嘰喳回味那日點滴。

按學區，奈奈與過人是準附中生，我則被分配至金華。考過分班測驗，懷著忐忑心情至穿堂公布欄看名單。我幾乎喜極而泣。常值好時，常逢善友，不為狂亂施念死，原來唸經真有神效。返家後急電奈奈。「跟暗戀的隔壁班男生同班了。」我說。奈奈卻岔開話題，提及漫博會與 cosplay 圈的小姊姊們密集聯絡後，有人為她指點迷津。「有解套方法了。」話筒裡的她講：「我們可以獨立出版同人誌。」

短短幾週，奈奈已摸熟臺灣同人市場，她替我勤奮解析，說九〇年代初臺北、臺南已有零星的模型漫畫展示聚會，但真正以同人誌販售為主的活動，是一年前，由超級橙組在臺北熊寶寶紅茶屋舉辦的秋日派對。

據她陳述，升中學這年，超級橙組還有漫研社團擴大模式經營，剛轉戰臺北車站，辦了春日派對與夏日活動。她睜大眼睛，聲線抖顫說：「開學後的秋天，日本生產漫畫器材的ＳＥ株式會社，更將首次來，舉辦名為 Comic World 的同人誌即售會。」

我有些猶豫，對於成為職業漫畫家。

動漫與被排擠的回憶交纏，是救贖，卻也象徵孤獨。

上國中，與暗戀的人同班，眼前恍若有條嶄新路，畫漫畫，卻像選擇無視光景逆身而行。但思及知曉祕密後，奈奈仍真誠同我交際，我想於情於理，都該支持她。

母親陪我前往東區愛群大廈的地下室。

按階下行，方見零星服飾店，佔地最廣的邊角，便是奈奈說的器材專售店。

擇物難。

一般耗材種類繁多。紙要買同人誌Ａ４與投稿用Ｂ４兩種。派樂特牌製圖墨水是必需。上線描框用的沾水筆尖便分：學生筆，圓筆，Ｄ筆，Ｇ筆，更有臺製日製，軟硬之別，效果各異。我索性各攜兩份待返家實驗。修邊潤飾用的白色廣告顏料，按奈奈推薦，選耐水性的 THE 修正 INK，再拿搭配的白圭筆，面相筆。不同粗細的代針筆各一。

店中橫擺成人高方櫃，內有層疊塑膠拉軌抽屜無數。欄緣邊，皆黏編號貼。我逐一拉開，檢閱，正是SE株式會社產的五花八門網點。我左右端詳，最後略過點狀平網，選一張漸層網，與幾款深淺不一可作陰影或肌膚髮色多用途的灰網，與兩三紙可當織品紋飾的小碎花貼。

穿梭各欄架，最後零買了刮網刀，雲尺與三角板組合。

母親嘖嘖稱奇，說自幼來，未見過我對任何事這般認真。她看我是小大人了，與朋友縝密籌畫。並不反對我以漫畫作為志業。「多嘗試發展也好。畫圖可視為修行。長大後，去學唐卡吧。」她笑說。

回到自己房間，在桌上攤開全新工具。我先用鉛筆在投稿紙上勾勒草圖，開罐，沾墨，著線，才知一切不如想像中浪漫。

非巧手之人，我無法維持標準姿，更不懂力道拿捏。漫畫原來是步步驚魂下的產物。若施力過猛，筆尖分叉，大塊暗墨沿縫滴墜。描人物輪廓衣物線條時得一氣呵成，嚴防指臂抖簌，否則不得乾爽形體。貼網點更須小心翼翼用刀片尖端戳挖，移貼，而網點黏性強，要刻刻留意是否沾髮附塵，或印上指紋。

各式背景技法亦繁。

花卉，建築外，得精通透視法。

母親說的沒錯，畫圖真是修行。效果線的練習都是重複、漫長而枯燥的。重點在定心。浮空的彩帶與晶瑩泡泡，得縫珠鑲石般，以代針筆點點匯聚。練習カケアミ方格效果線時，則須刺繡式，單線雙線三線四線交織多種變化，將微型直線方塊工整堆疊。畫作時，我的腦中總浮現世界史裡，半盲的穆斯林教士，在昏暗房裡燃燭，工筆細繪《可蘭經》花草邊框的陰鬱畫面。

許多事熟能生巧，但自行創作後，才發現少女漫畫裡，有困擾著我的，無法撼動的深層結構。

每週一次，多是週末，我與奈奈晤面，給予對方作品回饋。地點多選在前輩間流行的，小歐類泡沫紅茶店。先點喝不完的珍奶與幾樣炸物，我們再煞有其事地從文件夾取出近作。

「你畫的人物男女比例不對。」奈奈總是這樣說：「濃眉細眼，臉長厚唇，頸項較粗是男生標準畫法。月彎柳眉，大圓眼，巴掌臉櫻桃嘴的是女生。你的圖畫若遮去名字，完全猜不出性別。」

「篠原のん，藤田あつ子也都這樣。」我不服氣道。

「我們的同人誌目標以販售為主。太小眾的畫法，無法刺激買氣。」奈奈老氣橫秋地說。

「《美少女戰士》，《夢幻遊戲》，《聖鬥士星矢》裡都有這樣角色。」

「那是在有其他正常男女比例的襯托下，他們才成立啊。」奈奈激動提高嗓門，熱鬧的紅茶店頓時鴉雀無聲。

僵局。奈奈第一次對我動怒，她不語，沉著臉，用粗吸管使勁地吸吮珍珠。我亦不願讓步，把畫作收拾整齊後，狠瞪著她。無我相無人相無眾生相無壽者相，我以為奈奈是理解的。我恨著，怨著，眼淚居然簌簌而落。

最後奈奈想出一個可讓我維持畫風，又能增添買氣的方法。

「增員。」奈奈說：「多增兩名成員，這樣可以豐富刊物，吸引更多人，還可在印刷，場地租借等成本上減輕個人分擔。」

新來的兩名女孩，都是準金華生。其中，珊迪更是我的同班同學。兩名女孩迷你身形，瘦伶伶的，都喜歡綁兩條長長的，垂墜胸前的麻花辮。膚色一黑一白。白的在鼻尖頂著大大的細眶圓眼鏡。而珊迪膚黑，予人擅長球類運動的陽光印象。

從暑假密集相處至開學，我們聚在眼鏡妹家開設的，週末休業的茶藝館。四人散坐原木粗樹幹平整切割，打磨而成的大桌旁。在殘餘茗香中，我們各自攤開工具專注作畫，奈奈還細心挑選了各代劇場版美少女戰士原聲帶，做襯景音樂。

預計每人各畫二十至三十頁獨立短篇作品。交稿日定於十月初，剛好趕上月底將在民眾活動中心舉辦的第一屆 Comic World 即售會。

然而開學後，眾人忙於適應環境，三千多人的國中宛若迷你都市叢林。那時，母親更將我安排進補習班，一週四晚先修英文，數學。輾轉在不同教室，我體驗到人際帶來的趣味。

青春期，我不再矮瘦，日趨茂盛的痘疤蓋過原本秀氣的臉。

貌似男孩些。以如此形體，竟能成功打入男孩圈。與原本暗戀的人熟稔，喜歡聽他轉述從深夜第四臺節目看來的腥羶內容，喜歡他兄弟式摟著我的肩。喜歡跟他談論以前的少年漫畫。

他讓我想到孔雀，傻傻的，不守戒律的僧徒孔雀。

「如果你是女生我一定跟你交往。」他說。

「我是男生，也是女生。」我開玩笑回。

同人誌進度緩滯，近十月，奈奈每晚致電催促。但最後期限，唯有她準時交稿。她氣急了，在眼鏡妹家的茶藝店哭吼咆哮，責怪我們耽誤了她的出道。

「他都忙著戀愛。」珊迪開玩笑指著我的臉說。

奈奈甩門，衝了出去。

擔憂情緒化的她會做傻事，最後我低聲下氣，在電話裡同奈奈賠不是，我擔保下次大家絕不拖稿，協議好在首版刊物裡，由她負責封面，並連登兩篇作品。利多情勢下，奈奈這才對我有了好口氣。

SE株式會社與捷比漫畫便利屋合作的CW1大獲好評，奈奈以一般觀眾身分入場，擠在數千人中考察兩日活動。

回來後，她為我們描繪場地分布圖：小會場裡有日本漫畫家開設的漫畫教室。大會場裡有角色扮演臺，轉角設工具販賣區，主牆張貼各式 cosplay 照，CW活動照與比賽插圖。攤位分五區，靠牆的直條攤位是日本社團，另四區是居中的方形攤。

「赤精衛，祕密結社等大團都有參加。」她興奮地說。

迴響熱烈，SE株式會社不久便宣布將在翌年二月舉行第二場活動。奈奈交代，這次我們不許錯過。

整個國一上學期，回家空閒時，我就在稿紙上塗塗改改。四人組裡，女孩們的主題，皆是高中校園背景的或戀愛或魔幻故事。唯我選擇東方古典主義。在紙上，我工筆描繪亭臺樓榭，漢服芍藥。我與奈奈仍單獨私底下見面，這段期間她的背景技巧突飛猛進。網點刮得極好，甚至用起噴槍，以剪下的蕾絲為框，噴墨製效。我虛心討教，她卻老把話題扯開。

近寒假，眾人壓線完稿。

為增加攤位豐富度，奈奈還親繪多款二創少女漫畫黑白海報。她要我們各出幾張單幅全版人物圖，好做可販售的周邊明信片。排字，校稿，最後潤飾與跑印刷廠比價盯成品也都由她一手包辦。

CW2公布了詳細排程。同樣在民眾活動中心，開幕卻剛好碰上我生日。補習班同學要開KTV包廂為我慶祝，我不好意思回絕，便跟奈奈商量，可否將輪班時段集中在第二天。

「你兩天都不用來了。」奈奈在電話裡說。

奈奈沒祝我生日快樂。我索性整週末都與朋友們泡在KTV與電影院。

第二學期開學，珊迪遞給我一個信封袋，是我們同人誌活動的營收拆帳。她又將一整塑膠袋裝的，我繪的明信片交給我。

「一張都沒賣出去嗎？」點數後，我驚訝地問。珊迪點點頭。

「奈奈根本沒把你的周邊擺出來。」最後她難為情地說。

我沒再同奈奈聯絡。

將買不到一年的漫畫工具轉贈他人，偶爾去租書店花一下午追未完結單行本，我花更多心思讀英文、交友與收藏西洋流行音樂。我跟更多男孩女孩表白了，也被更多人溫柔接納。

將情愛從二維延展至三維，將對象從虛擬轉為男性女性，是我青春期最大的收穫。

高中時，我參加了熱舞社，遊走不同舞風、曲風間。將身體折拗，幻化成各種姿勢。時練嘻哈或浩室男舞，時練新爵士或非洲女舞。讓自己成為濕婆，成為孔雀，成為象頭神甘涅沙。

仍從共同朋友中，聽到關於奈奈的事。

她跟當時火紅的漫畫家小影開始交際了。她接連在ＣＷ１２與ＣＷ１３頗獲好評。她有許多固定粉絲了。當知曉奈奈子宮內膜病變，動了大手術後，我曾想打電話給她，問好。但奈奈是逞強的，我相信她什麼事都不會說。

我同朋友要了幾本奈奈的近期自印刊物。她的畫風丕變，筆下不再是咧咧笑的清純少女，而是近乎情色H漫的巨乳蜂腰。粉色頭髮的她們嬌滴滴地羞紅臉，在半透明襯衫底下，露出蕾絲內褲與激凸乳尖。

好感慨啊。

恆河沙數內，我們終究演化成遙遠而相異的生物。

風葛雪羅

輯五——酸枝

Froid, nuit, hiver. Je suis au chaud et cependant seul. Et je comprends qu'il *faudra* que je m'habitue à être *naturellement* dans cette solitude, y agir, y travailler, accompagné, *collé* par la « présence de l'absence ».

——Roland Barthes, *Journal de deuil*

寒冷，夜晚，冬季。我身處暖處卻獨自一人。而我理解我**將必須**習慣**自然地**處於寂寞裡，在裡頭行動，工作，伴隨，**黏附**著「缺席的在場」。

——羅蘭．巴特《哀悼日記》

冬決者

冬末開學，山上外語學院極冷，霪雨軟霧層疊徘徊廊外。每間僅容二十多人的小室裡，學生臉上，仍滯留假期的倦；四樓系辦，卻旋起一陣凝肅氣氛。臺、俄籍教授紛聚會議室，為挑選參賽者而爭論不已。

系主任喚我進辦公室。她說，由莫斯科代表處辦的俄語競賽，將在月餘後，於我校舉行，淡江，文化列席，每校推薦選手三名。系主任用貫有的甜膩嗓音探我意願。她續言，會初選幾名學生，經一個月培訓後，再定正式代表。

於是每日，雲灰正午，我拎著外食踏入四樓會議間，參與培訓。室內總曝著幾盞偏暗長燈，繞牆矮櫃上，列著幾隻蒙灰，金漆描邊的俄羅斯娃娃，與一架布滿鏽斑的薩摩瓦茶炊。幾本大部頭經典：如《靜靜的頓河》，《卡拉馬助夫弟兄們》則被鎖在邊角玻璃櫃。

學長姊，同我共六名。培訓內容為競賽打造：作文，即席翻譯，完成句型，國情問答，皆由臺籍教授自編講義。午間飽食後，犯睏，我強撐眼皮背誦祖國保衛日，十月革命年分，與五名諾貝爾文學獎得主繁冗生平。

學長姊聽聞俄籍教授C將負責詩歌朗誦，面色慼然。C的嚴峻與難親近早富盛名。我未曾修過她的課，只在系上活動瞧過她。印象中C鮮有表情。她高䠷骨瘦，尖錐臉，鴿灰色蓬髮齊耳，鷹勾鼻，嘴際總吊兩道冰鑿似的深法令紋。學姊說，C有莫斯科人的優越感，總嫌亞洲學生鈍，還鄙夷來自西伯利亞、喀山等地的同系老師。

莫斯科，是俄國唯一淵遠歷史之地。學姊轉述C的名言。

C初入室，空氣如冰無人敢語。她緩緩坐下，講話懨懨的，烏喙般噘起的嘴，低聲咕噥，乍聽像埋怨。她調查完名字後，問我們可否有各自鍾意的作品。我喜歡布洛克的〈陌生女子〉。某學姊主動提議。象徵主義的詩不討喜。C搖搖頭，語畢，她以陰鷙眼神視我，我腦中一片空白。

悉聽尊便。我儒聲回應。

C與大家單獨晤面。首次會見，兩人對坐，我的腸胃緊張翻疼。C端詳良久後，竟冷笑一聲。她從架上抽出一本精裝書。C將食指舉至唇間，以舌潤之，再刷刷翻開頁面。

是普希金的〈秋季〉。

混流非洲草莽血液的詩人極矮，亂髮張狂。大學終無髮禁，我任頂上鬈髮自然虯結，整整三年，同學們譏我為普希金。這綽號甚至傳至系辦諸教授耳畔。我佯裝沒事，維持髮型，心中卻對詩人早有芥蒂。

然不敢忤逆C的我，只好低頭，怯怯接過詩集。

悒鬱時日，魅惑之眼，
你即逝之美使我心愉悅。

遠雷，初雪，微寒天令詩人思及情愛，青春與創造。於我，卻是泛泛空談。是夜返家，檢查電子信箱，裡頭躺著一封來自C的郵件。我無精打采地點開附檔。沙沙的紙張磨擦聲，與清喉聲次第入耳，最後，卻是C以婉轉柔頻，慢詠詩句。

她緩緩摩擦齒唇舌顎，好發子音。再將情感，或沉或輕拋於重音音節。她嘆息。長詞如鄉野幽徑蜿蜒，短字若金風拂旋薄葉紛飛。播放，暫停。整夜，我在電腦前反覆模擬C的聲調。

第二次會面，聽完我的朗誦後，C卻沉著臉。發音好，但沒感情。唸詩訣竅，在於想像與同理。她說。

我賭氣地將自己鎖入系圖書館，鑽研詩人生平。原來，〈秋季〉作於一八三三年，已是普希金晚期作品。那場致命對峙，發生於一八三七年二月，隆冬瑞雪的聖彼得堡林間，數顆子彈碎及詩人髖骨，並深嵌入腹。主導槍戰的，是普希金。不滿法國騎士丹特斯愛戀，追求妻子岡察洛娃，詩人寫了封極盡羞辱之信，予丹特斯的養父。

再細看，預言死亡記事之信所寄日期，竟是儒略曆正月二十六號。也是新曆二月七日，我的降生日。

「泅泳。而我們將溯往何方？」

想起〈秋季〉詩尾，迤邐長長的兩段式刪節號。那是鎮魂序曲之音？冥者的踏雪來時印？抑或他隕我生間的虛線連結？

想像將臨之死，想像衰落前的必然華麗，在唸詩的時候。

最後，透過C的力薦，我成為政大代表。比賽辦在階梯教室，代表處官員，三校師生共六七十人摩肩而坐。選手們在側臺準備，按號登場。我站舞臺中央，巡望，唯C倚門而立。身穿朱色上衣的她，像隻衰老的佛朗明哥紅鶴。

全場屏息，我深呼吸，吐音，揚句。依稀能見C隨我複誦的節奏，輕輕點頭，她掌擊悄然節拍，嚅唇，無聲引我一句句穿越。穿越世紀，穿越死生，穿越情熱與荒涼。

競賽綜合結果，我奪得第二。系主任祝賀，頒獎後，眾人漸散。C朝我走來，她冷硬的臉上難得綻出一抹篤定的笑。

幹得漂亮。她說。

您當時是因為我的外型，才給我普希金的詩嗎？我紅著臉，半開玩笑問C。

浪漫而悲劇性的人啊。C推門離去前，喃喃道。她的偈語神祕，咕噥咕噥，像鴿鳴，低迴在教室裡，久久不去。

——原載於《幼獅文藝》第七九四期

囡城

新訓。成功嶺俯首皆是惡趣味。盆裡的牙膏頭得與牙刷對齊。餐前口令。熄燈號。盥洗時不可直穿走道入澡堂，得沿集合場邊緣ㄩ字繞行。「懲罰，是從一門隱忍的肢體技藝，發展成懸宕權利的經濟學。」我在心得簿裡引用傅科《規訓與懲罰》之語。分隊長閱畢，將我叫到跟前，希望我別想太多，放輕鬆。

替代役確實清閒。扣除基本教練課，多數時間我們在餐廳聽講，穿插戶外團康活動，更有以中隊為單位的替代役之歌比賽。緊密相處下，竟能結交朋友。

你熱舞社，怎麼不當替代役之歌小老師？他們問。

在這強出頭等於自討苦吃。我回。

喜歡男孩？曾目睹我衝回寢室抹防曬乳的他們又問。

我交際女孩，也與男孩發生關係。我直言。他們也無所謂。替代役諸君皆有祕密。我因哮喘入籍，但多數人因雙親年邁，身心障礙或有重大傷殘主動提出家庭因素申請。少數才是過胖，地中海型貧血等體位缺陷。

役別擇選是重頭戲，我們探敵情，測風向。矯正役得協助看守受刑人。消防、警察役要花一整月受魔鬼體能訓練。教育役有至偏鄉當工友的風險。左思右想，囡役竟成首選。囡城沿島共北，中，南三座，其職缺更零散於各縣市府。此役隔三期獨招，要求學科領域寬，且專業訓練僅須五日。我邀幾名友人同報，他們欣然應允。我心竊喜，想C大畢業的我，定能在專訓時，將之各個擊破。

離營。

專訓第五日分發，窗外是臺中的冬陽煦暖。前國營公司訓練所會議室裡，白板寫滿單位缺額，六十名年輕男子或引頸期盼，或搓手盜汗，神色緊張。綜合專訓筆試與新訓成績，每人依序上臺，領取排名編號。回座，屏息。數字越唱越大，肥缺越來越少。在白板畫下記號，有人欣喜若狂，有人低聲咒罵。少數人像我，漠然臉，刻意隱藏情緒。

萬事定奪，我回雙人寢間整理行囊。兒少福利政策，兒少性交易條例防治法，情緒管理。只見室友將講義撕得滿地。有人叩門，我上前應，是幾名先前同中隊的朋友。換手機，臉書帳號，MSN，我們拍拍肩，互道珍重。

午後撥交。一素淨短髮女子，白衣布裙。她自門邊探腦，細聲說：囡城北座，這邊請。

我與另三名男子攜水壺小帽，扛行李，匆匆起身。步出訓練所大樓，二月的陽光白晃刺眼，定睛，水泥地盡頭停放一輛老保母車，暗棗紅色底，布滿凹傷刮痕。

沿途北上，車內燠熱，散著一股酸臭。女子轉頭笑言：我是蕙知，囡城社工，也是役男負責人。坐我身旁的黝黑大個稱自己史丹。他海象似肥墩，脖頸擠滿肉。我想，定是過胖。喜歡小朋友嗎？蕙知問。史丹羞赧搖頭。

那你呢？蕙知問我。我聳肩無表情，心底卻對自己的抉擇感到茫然。不喜歡小朋友也沒關係。蕙知像有讀心術，又說：你跟史丹可以入行政課。如此，她將另兩名役男安排進保育課。下交流道，車駛入高樓林立區。蕙知正色交代我們不能與囡民過從甚密，曾有替代役男踰矩，她不希望再有類似事情發生。

車停警衛室前，蕙知帶我們步至役男住所。此處多雲，溫度寒低。囡城依山而建，入口右側行政大樓矗立，小型體育館旁則有花圃，遊樂場。上坡陡長，蕙知指四棟兩樓建物。囡民宿舍。她說。以樓作單位，各自為家，每家有數名輔導員輪班，二十四小時全年無休監管十來位小學至高中年紀成員。百合玫瑰茉莉，猛虎白熊良駒。女生家以草本名，男生家作動物稱。

挺溫馨的。史丹說。蕙知不帶情緒道：在這，他們只能群居，毫無隱私，而且城內曾有性侵。

男生欺負女生？一保育課役男訝異問。

男生對男生，女生對女生。蕙知回。

替代役所位半山腰，單層房舍後擁桑樹成林。拉開紗門，只見兩房一廳共同衛浴格局。一房已堆雜物作儲藏室。尾間房內橫擺兩張小學生睡的低窄上下鋪床。空氣悶，牆上爬著壁癌黴灰，角落結滿蛛網。配給的床墊棉被，透著髒抹布水的味道。

我想，這正是一座諸事皆被懸宕之城。

蕙知所在的社工課正對面是行政課，職員清一色女性，唯課長是名禿頭男子。行政課組織異常有趣。除了課長與會計，其餘三名皆非公務員，而是約聘工友，她們皆與囡城正式職員有裙帶關係。

狡詐。史丹同我抱怨。

我們的職責亦簡亦繁：每日點開公文系統，列印，補釘，再將資料分送各室。我們須於短時間摸熟各課各職員事。會計有人，採購有人，個案管理，安置，心理輔導，就學補助，皆由不同職員負責。一人一臺電腦，有時也藉公文系統替會計登記員工差旅費云云，或協助修改書面報告。若能偷閒，我開臉書做些無聊的心理測驗，史丹鍾情開心農場，我則沉迷一款名為 pet society 的遊戲。

文書工作外，我們伺機而動。砍樹植草，髹漆灑掃，搬運重物。若有人欲捐贈衣物食品，我與史丹得跳上老保母車直奔市區。經常，我們滿載破爛而回。兩人逼仄擠在骯髒舊服堆，或一箱箱過期，酸臭發黑的米袋蔬果間。回城，還得逐一點算，將物資妥善建檔，最後待放課，囡民回城後廣播，讓各家派人前來領取。

城裡唯一男女混居處，是幼獅。此家收容棄嬰與失怙無恃之學齡前子。兩名保育課役男工作，便是在圍欄內，在滿是奶粉與爽身膏的好聞氣味中，擁嬰兒，唸繪本。有時我與史丹蓬頭垢面跑進幼獅尋援。他們便露出愛憐神情說：走不開啊。

有些事，卻得全員而為。

每日清晨，草樹凝露霧濛時，我們輪流下山，在空地集合城內所有六至十二歲居民。由輔導員帶頭，其餘兩人分別置中，殿後，領長長隊伍過街至城外國小上課。此道雖短，卻難如登天。她媽媽跑了。快看殺人犯之子。沿途總有人非議，男女老少。有時無關言語，是斜睨的眼神，刻意停下的腳步，或被捏緊的鼻尖。

夜勤同樣須眾人輪替。每日一職員配一名役男或工友，於五點下班駐城至隔日拂曉。職員可回休息室睡，但工友役男得蹲守警衛間。執勤可兌假，每月輪幾回，便多得幾天閒。警衛間備盥洗室，單人床墊，是逃離集體生活的喘息處。

輪值時放浩室音樂，開MSN，我更連上同志聊天網頁。慾望被囿城懸宕。但不像宿舍內要遮閃螢幕東躲西藏，至少在警衛間裡，我能任各色螢光對話框恣意跳閃。字眼辛辣重鹹，鍵盤噠噠響，平淡的夜也多了滋味。

晚寢前，不時有名女孩，國中年紀，白瓷臉，西瓜皮髮型。她神色恍惚，踏著迷亂步伐下山。替代役哥哥。她總趴在警衛室窗邊，貓聲柔喚。我不予理會。但有時她會刷地打開門，盯著我的電腦螢幕問：你在幹麼？她唇角堆滿晶瑩口涎，她習慣性歪頭，將指頭半含嘴邊。

某日黃昏，役男宿舍裡，我們圍坐電視機旁，有一搭沒一搭地食飯聊天。保育課役男們拔聲尖叫，我與史丹回頭，赫然發現恍惚女孩背光，痴痴佇立在紗門外。去去去。保育課役男揮手大聲驅趕。女孩不為所動。最後，我們撥了電話，請留守的輔導員上山處理。

那女孩每月得出城看精神科。社工課裡，蕙知低聲對我說。就是她與役男發生關係？我問。蕙知翻了白眼，搖搖頭。

當行政課課長拿出照片吹噓百岳行，或職員們吆喝團購時，我會開溜至社工課同蕙知聊天。蕙知待我特好。歷屆役男至今，唯我與她有近似背景。蕙知正於C大讀在職碩士。

某日，她問我可有意願擔任英文家教。

我主修歐洲語言的。我說。

對方高職生，講解普通文法便好。她又言：家教可當加班的。

畢業於應用英語系的史丹相當介意。蕙知對我轉述，獨自承攬庶務時，史丹總刻意在行政課嚷嚷：算了啦，我們野雞學校文憑，怎能與C大相比。其聲量之大，字字句句總能清晰抵達蕙知耳間。

知曉我自高中習舞，她又積極安排我在連假替囡民上街舞課，國小男生班，授課時數同樣可積累成假。我細想，每週兩小時課程應當包含半小時熱身，半小時基本律動，十分鐘休息，剩餘時間教四個八拍排舞再複習。自滿於如此安排，怎知實地演練卻是災難一場。體育館裡十二位囡民失控亂竄。有人高聲叫，有人繞球場瘋狂轉圈，更有人扯衣抓髮互罵不已。我關音樂，嘶吼，摔水瓶，也只能鎮壓不過數分鐘時間。

我垂頭喪氣地帶著點名簿與音響，走回社工課。如何？蕙知抬頭問。糟透了。我說：完全不聽話。翻開點名簿瞄成員姓名，蕙知笑道：正常啊，裡面過半數的人被醫生檢定為ＡＤＨＤ。

該怎麼跟過動兒相處呢？我問。蕙知咯咯咯一個勁地笑。最後她舉手，在太陽穴旁比了搖擺如水中顛舟的橫式Ｖ字手勢。簡單啊，你得當他們頭腦葩殆。她說。

道德被囡城懸宕。非常情況，只能實驗非常手段。

熱身前，我將週末回臺北添購的日式點心擺在音響旁，揚言：哪幾人表現好，我就把點心分給他們。囡民們一陣歡呼。安然度過熱身，律動。進入正式排舞，每當有人抗拒，進而喧鬧嚎叫時，我登高一呼：某某違反紀律，大家懲罰他。囡民們一擁而上，對造反者或踢或踹。弔詭的是，施刑者與被懲者竟歡快地扭打在一塊，面帶微笑。

此招靈驗。我如釋重負，卻對這樣的自己感到陌生。

蕙知希望囡城城慶時，囡民們可上臺表演，也好順道展現我平日授課成果。否則，行政課的人會有意見的。她指著史丹，對我悄聲說。

我向社工課要求每週多增加一日練習時間，力求完美。

某日輪值夜勤，我要囡民下課後，到警衛室前排演。我按下CD播放鍵，水泥地上小手小腳紛飛，蹲地轉圈，重拍打點。動作不至整齊劃一，但些微落差，仍在可接受範圍內。我不禁隨歌點頭搖擺，為自己數月以來的成果倍感欣慰。

霎時，一狂亂步伐急蹌蹌自山徑衝下。我衝回警衛室，還來不及按關門鈕，那身影已越過鐵門界線。

是那名恍惚的國中女孩。

練舞囡民們見狀，激動拍窗大喊：街舞哥哥，街舞哥哥，她跑出去了。正當我拿起話筒預備求助之際，幾名男孩卻帶頭說：街舞哥哥，我們幫你把她抓回來。隨即十二人悉數奔去。一輔導員擎摩托車狂飆在後。

半分鐘內多名院童擅自離家。我想我完了。

頹喪地跌坐於警衛室，時間彷彿瘸了腿，被拖得老長，城內寂靜異常。十幾分鐘後，男孩們喘吁跑回窗前報告：百合家的輔導員抓住她了。我衝出門點名，十二囡民全員歸隊毫髮無傷。我鬆口氣，問他們事發經過。

我們追上的時候，輔導員也到了，姊姊居然抓狂咬自己手臂咬到流血耶，在路上尖叫我不要回去，我不要回去。一囪民如是報告。

晚餐後，蕙知致電，說今天的突發狀況與我無關，要我安心守夜。我卻怎麼也無法入眠。點開同志聊天室，無頭蒼蠅般丟訊息換照聊天。今晚，我必須找人相擁。

有些事情無法再被懸宕了。

再下去，是連我也要發瘋的。

南華夫人安魂品

1

「就是這幾天了。」──我出門前，母親說。

梅雨季前，一週五早晨，領過慢性處方箋，我步出醫院西址大門，行經緩坡道與日式殖民風紅磚牆時，抬頭，見天色鉛灰雲翳低。原計下午與母親輪班，她忽然致電，要我返家前先繞至嬤家。

巴士或猛煞，或顛簸，我心煩躁。窗外，從雲縫墜下燦陽一道。我憶起清晨殘夢，遠視幼園或國小年紀的自己，站在嬤家樓下，巷內天光大作，我過騎樓，拉開毛玻璃門，走進嬤的出版社。

四十多坪空間，置中橫擺六張面對面辦公桌，右側是木櫃與成捆捲的大幅直式地圖，有計算機滴答輕響。母親與兩名女會計，戴袖套，擎尺，低頭兀自忙碌。

我貓步過她們身後，往內，辦公處左側甬道底是一獨立備廚起居間。門敞，燈光已被捻亮，滿室霧氣蒸騰，空氣中瀰漫馨郁的麻竹葉與月桃葉香，地上堆滿蒸籠與盛了料的巨型不鏽鋼盆。霧氣弱散，我見嬤背對，叉腿獨坐矮木凳。她穿白底小碎花無袖衫，寬鬆淡紫棉褲，頭彎得低，我從仰角，只依稀見那霜白銀灰的過耳髮際。盯著她機械式忙於綁繩，舀米，分餡的手，其臂緊實，異常粉嫩。我欲開口喚人，整座起居間，頓時白煙籠障……

詭異而令人不安的夢。

至嬤家，我箭步上樓。只見嬤獨躺客廳沙發椅。另側堆滿母親素日準備的成人尿布，防溺墊，與好幾箱癌症者專用高蛋白濃縮飲。嬤戴織花毛帽，嶙峋雙臂緊壓防褥瘡墊。她張嘴癡望遠方，對我的招呼未有反應。

「哎咿……」嬤嘆，唾液從嘴角流溢。我拾面紙，為她細細擦拭。

「疼……呀……」微弱音從嬤喉頭飄出。「哪疼？」我提高音量，將嘴靠她左耳畔問。她遠視天花板，唯右手緩緩，緩緩伸向膝蓋。我蹲下身，以手輕撫之。「哎咿……哎咿……」嬤氣沉嗟吁。

印尼看護走出廚房。「嬤好像很不舒服。」我說。她點點頭。我將她的夏被拉緊，再把那雙畏寒的掌安於其下，然後蹲踞一旁，持續替她摩挲右膝。

母親趕至。「狀況如何？」她問。我搖頭。母親同看護詢問昨日飲食與睡眠情形後，轉頭對我說，她昨日致電小舅，盼他前來，小舅推說工作忙擇日再訪。

「嗌嗌嗌。」半眠的嬤忽張口怪叫。她僵直脖頸頭朝後折，高挺胸，將上身凹成拱橋形。雙腳扭成側九十度，肌膚泛青，像尾弓身的蝦。

「快來。」我喚。母親與看護趕至沙發旁。半躺的嬤五官糾結，胸口緊劇起伏。該拍胸？該扶嬤半坐？還是開噴霧治療器？母親與看護躊躇著，我手緊按在嬤的右膝上。

「哀。哀哀。」嬤厲聲哮。「要喘大氣了。」母親連聲喊：「跟著光走啊，跟那道最白炙的光走啊。」屏氣凝神不敢動作，寂靜，嬤的臀部最後擠出一絲輕細排氣聲，室內漪起淡臭。

嬤停止了動作。停止了喘息。

舌尖半吐，闊嘴深喉，黃濁灰眼凸懸直瞪。

嬤是死不瞑目的。

2

「奶奶沒氣了。」印尼看護以食指探過嬤的鼻息後說。

我跌坐在地，臉緊貼嬤腿痛哭失聲。母親旁站，泚淚潸落，忽憶起什麼，急忙搖晃我肩：「人剛過身時親友哭嚎不能，否則逝者將因擔憂而無法順利投胎。」

我衝到餐廳大理石圓桌旁，蹲下，以額輕撞陽臺毛玻璃門。眼淚決提似的落，腦中茫然。五分鐘，十分鐘，稍作冷靜後，某種糅雜了疲倦與鬆懈的感覺襲上心頭。像越野，或魔鬼體能操演終抵壓線時刻的平靜。

我撥了電話，告知小舅嬤的死訊。

母親雙手合十閉眼持經，她立於嬤薄灰色的臉旁，唸禱一遍遍的往生咒與地藏菩薩本願經。印尼看護蹲在廚房口，無意識地玩手指，眼發愣。應是正午，卻極黯天色，我們沒開燈，怕擾魂。客廳的一切逐漸被濃濃暗影吞噬。

小舅驅車趕至。

「嬤沒闔眼呢。」巡視後他說。我不作聲。我，小舅，母親輪番上陣，試圖以掌平撫亡者顏，但那雙混濁灰眼始終凸瞪。小舅以兩指深摁眼瞼，使力按扯，亦無效。「莫動了，人剛往生，魂魄仍附其體。動作不慎，會給亡者極大苦痛。」母親拍開小舅的手說。

靜止。沉默。

「該給奶奶換衣服吧？」印尼看護問。

母親派我為嬤挑選入殮衣裳。我用手機尋得一間名為月世界的壽服鋪，惶然離開嬤家，獨乘捷運至行天宮。列車駛過長長黑洞，原先的惆悵，竟逐站轉為小調式的輕鬆。畢竟，這兩年實在煎熬。

終止符劃下，今細細回想，我與嬤的互動，多與飲食有關。

自幼，我倆至親。古怪，冶豔，是我對她的印象。

母親常提一事。初生時我膚色黝黑，嬤處心積慮想將我漂白，一日她突發奇想，以麵粉代皂搓澡。沖水後，粉結塊，凝滯我茸茸汗毛膚上。嬤急了，攆雪拔毛。我刺痛難忍，嚎啕大哭。

自小受氣喘所困，季節遞嬗時，情緒激動時，我底胸腔深處，便抽拉起破手風琴似的走音旋律。嬤尋遍食療與偏方欲替我刨除病灶。百合花生冰糖帖。豬肺杏仁湯。川貝雪梨膏。在嬤家的週末，廚房裡總熬煮各式食材。

某日小學放課，回家，驚見嬤在我家廚房，以大鍋滾煮赤紅沸湯。嬤以小碗舀之，命我當面飲下。「這什麼？」我問。「硃砂燉排骨。」嬤說。我不依，嬤捏著我鼻，非要我一口灌下。喝定半碗，留下滿嘴血漬浮渣。最後是母親強烈干預，嬤才作罷。

躲過龜血與鷹肉。妥協結果，是漫長國小時光裡被逼食的一碗碗燕窩粥。我恨透那鼻涕感似的透明物。為哄嗜甜者如我，嬤添水，加大量冰糖，燕窩同米煮熬成稀飯，先置不鏽鋼碗於冷櫃冰鎮，再命我飲。

我抗拒，嬤就訴苦情，說這是她走好遠的路，去中藥行挑的頭期輕毛官燕盞，價格貴，且浸水泡發後還得戴上老花眼鏡，拿鑷子，仔細將氄毛雜質挑出。我只好邊看卡通邊轉移注意力，囫圇食之。

荏苒冬春。這兩年換我替嬤張羅飲食。

每週兩次平日下午，趁嬤午睡後，我攜餚而訪。起初帶鄰近三水街鱸魚湯。頭，腹，尾三處可擇一。嬤喜啖魚首，我總要販子從雪櫃中取出最大最鮮的鱸魚頭。滾水煮過，僅加薑絲，蔥花，附上迷你夾鏈袋裝的醬油膏與芥末塊。

嬤疲於動作時，我以箸去刺，將肉輕搗至糜爛，再以調羹小口混湯餵。

當嬤再也無力自行進食，我改往二和珍旁鋪買花生紅豆湯。先將母親買的粉色嬰兒圍兜套在嬤的脖頸處，以童匙，每口細慢吹氣，細慢餵。嬤不時嗆了，或歪嘴咕嘟一聲將湯汁滴濺滿身。單碗甜品得餵上四十分鐘或更久時間。

有時連吞嚥亦難。

我一調羹一調羹將湯汁送入她口，嬤卻松鼠般將食物堵藏雙頰，作無事狀。趁沒人發現時，再一嘔，將上身淋至餿酸。

醫生認為是咽喉或食道發炎，才讓嬤進食時有刺灼感。用餐時，嬤花更多時間看窗外了。有時她嘴角倔強緊閉，偏頭拒食。她恍惚望著對巷建築，偶爾輕揮手，偶爾合十祈拜。

3

按圖索驥，我迷走殯儀館後棋盤式方整巷弄間。此地建物布滿如霾害後的灰，連幾間專製弔唁籃的店，外擺的繁花枝葉，盡是蒼敗顏色。

轉角一白底紅字招牌大寫著「月世界壽衣有限公司」。我上階進門。壽衣店與尋常民宅無異，年輕女老闆，煦暖笑靨，將型錄自抽屜抽出。「須何種款式？」她問。

嬤適合穿北方式鋪棉五領三腰？抑或南方式輕盈的五件七層？款式該鳳仙？旗袍？質料選霞緞還是彩綢？須添大紅繡花衾與披風嗎？真絲半絲差異何在？

死亡，原來得透過細瑣的抉擇代謝。

嬤是臺灣人。我為她選五件七層鳳仙裝。我要老闆抽出布料樣本，好讓我平攤桌上藉日光燈仔細檢視。瑩粉，黛綠，菊黃，顏色有的過淺，有的異常喜氣。「九十六歲是高壽，該當喜事辦。」女老闆說。

我依一幀摯愛照片為嬤擇色。

那是她臥室梳妝臺上擺的，七十歲時在小舅婚宴上的獨照。倩髮烏溜染，薄妝紅唇，豔豔笑，柳眉彎。她戴暗紫色金邊耳環，著亮面霧灰紫羅蘭混花圖案開襟衫。

壽服目錄裡，唯芋紫底細花款式，最接近那形象。

嬤耽美，生前試遍各式自然駐顏術。生蛋白小黃瓜護臉。舊茶包生牛肉敷眼。國小在嬤家過夜的週末，清晨天色灰，我起身，常撞見盥洗室門大敞，嬤高蹲廁桶，手持不鏽鋼杯低擺腿間，接那潺潺涓流。她仰頭，舉杯一飲而盡。「初洩最是滋潤。」她說。

近年，她睡前改擦珍珠膠囊，或母親進貢的巴黎希思黎晚霜。嬤不顯老，九十幾歲，肌膚仍白裡透紅，薄薔薇色澤，除左頰近鬢處兩塊老斑與嘴皺明顯，嬤的臉與雙眼，柔滑不帶細紋。

樟腦香，花露水痱子粉味。嬤的衣櫃堆擠各顏色氣息。梳妝臺抽屜內，更藏璀璨首飾無數。

嬤早識我祕密而默語。

幼時，我以各長巾層疊纏首作蔓髮狀，在胸口別上圓錐假鑽飾，再將口紅小心旋出，塗抹。且抿雙唇，我用假聲哼哼唧唧，或蘭指蓮步，或持團扇扭腰顧盼，在臥室裡上演一折復一折閨怨曲。嬤見狀，搖頭輕嘆，嘴掛魅笑。

青春期是唯一與她疏離的階段。有了交友圈，我鮮少至嬤家。嬤不時會打BB CALL，或郵寄一封封剪報資料，無非是報紙健康版的養生食譜，防癌妙招或居家運動指南。嬤總慎重用紅筆劃線，勾圈關鍵字，拉線注解，我只當她的編輯症犯了，將未拆封的信扔進簍桶。某日，嬤竟致電劈頭唸叨：「清潔男根之要，須將前膚底褪……」沒等她說完，我臊紅臉亂叫幾聲掛了電話。

「勿信任女人，特別是漂亮女人。」嬤總如是教導。

或因此，成年後我帶幾任男伴至嬤家探訪，她都無特別反應。以友人名義介紹過，嬤點頭哂笑，只一個勁地端出私藏甜點，要我們多食，多食。

4

再返嬤家，只見母親小舅對坐大理石圓桌，為後事細節爭論。看護躲在嬤的臥室裡，用印尼語嘰嘰咕咕視訊。「是否該聯絡哥哥姊姊了？」小舅問。母親不置可否地聳聳肩。

小舅同大阿姨打電話時沒擴音，我依然能在客廳聽聞那尖銳嗓門。大阿姨責怪為何沒第一時間通知她，她說換過衣服便來。

把壽服自透明塑膠袋拆封，取出，我將淺紫鳳仙裝攤在嬤的臉沿。「這顏色好。」母親走到我身邊低語。「老闆交代壽服不必親換，可由葬儀社代勞。」我轉告。

母親說在我前往壽福店時，小舅已通報衛生所申請死亡證明。她繪聲繪影描述來者是西裝革履，側分油頭的肥碩男子，像卡夫卡《城堡》中會出現的角色。

他高傲檢視遺體，信手翻了嬷近期藥單與門診紀錄，最後懶懶說：「可搬遺體了。」

是該聯絡葬儀社了，但母親想依嬷的遺願不入冰櫃。流逝的每分每秒，以黑色素之姿，逐一沉澱在嬷的臉上。

大阿姨摔門而來，身上是始終如一的扮相，少數民族編織或微波希米亞風的寬大衣裙。灰髮蓬亂，不施脂粉，鼻尖掛著度數極深的厚眼鏡。她沒同任何人打招呼，上前看了一眼遺體，閉目唸過幾遍地藏經後，離去。

「這是我看過最猙獰的大體了。」沉靜一陣後，母親嘆。

雙腳摺拗，吐舌睜眼，嬷原先白嫩的皮膚像抹了深灰。小舅不時檢查嬷的雙頰，怕生了屍斑。母親請看護從凍庫取出冰枕冰袋。「幸好不是夏天，否則時間一久，天熱可要生水發臭。」母親說。

母親以指輕沾金光明沙，將其摁於嬷的額際，心，喉，雙手五處，再從袋子裡翻出金底紅咒蓮花圖的陀羅尼被。我把嬤慣用的轉經輪擺在她頭正上方的沙發扶手邊。轉經輪一大一小，一木製一鍍金，內嵌藏文刻的唵嘛呢叭咪吽六字真言。轉輪一圈同誦經功德一遍，那是母親在密宗用品店替嬤買的，嬤素有早齋念經之習，後來，卻連看經的專注力都沒了。

天色漸暗，看護與母親彎腰，沿客廳地上點起小盞，小盞的酥油燈。

5

香港的大舅媽命母親在最短時間內清整好環境，通通丟，一件不留。母親說：「百日內，切勿更動往生者原居所，若靈體折返，怕認不得的。」大舅媽沒理她。

總有人選擇站在母親的對立面，一剖二分的家，主因嬤經歷過三段婚姻。第一任由外曾祖父主張招贅。嬤為長女，受日本教育，民國二、三十年更任廣告業務。嬤提過，她早年隻身東京，獨自在車站與陌生客戶晤面之事。「多大膽啊。」她說。能幹的她極受器重，代管外曾祖父那整片清政府棄臺後四處圈豢的水滴地。入贅者是名老實客家人。大舅，二舅，大阿姨與小阿姨誕生後，他因瘧疾而亡。

小阿姨早夭。二舅是名憂鬱而俊俏的青年，年輕已沾毒癮，某日騎機車時遭後方卡車撞擊。母親提及，據說當時他以拋物線之姿飛起，墜地。黃沙滾滾，二舅挺起身子，顛顫走了幾步後，倒地身亡。外貌無損，臟器卻已糊爛。

第二段婚姻極短，無人清楚詳情，傳言是因家暴離的婚。

洽公時，嬤同報社拉廣告，識得當時在臺灣民聲日報臺北分部做記者的外公。母親與小舅出生前，外公說服嬤共創出版社，公司以嬤名而立，是為南華。母親初中年紀，外公逝，出版社由嬤獨自經營。

四名子女同嬤的親疏遠近，或可由舊剝皮寮的四樓建物窺知。作出版社用的一樓兼地下室，面積大價值高，由小舅繼承。嬤自居的二樓產權擁有者是大舅。三樓分大阿姨。四樓給母親。

五樓是嬤的私人天地。或許不能算樓，只是頂層陽臺架了女兒牆。一半空間參差擺放嬤各式鐵盆植栽，自耕物。另邊則是自建的，鋪了遮雨板的白漆木屋。嬤常上五樓轉悠，蒔草澆花，或趁天剛亮，萬物濛稀時甩手晨操。

在我幼園至小學年紀，出版社尚營業，總有一古銅膚色的年輕男子長住白木屋內。他總在頂樓花園無憂地翹腳，撥吉他，唱永不斷歇的〈加州旅店〉。

有人說是製圖師。有人說是測量員。更有傳聞那是市場裡常賣魚貨的工讀生。消息可信而一致的，只有那四十多歲的年齡差距。

6

翌日，嬤終究被放進冰庫裡了，在大阿姨的堅持下。倉促間，甚至來不及聯絡法師引魂。

從殯儀館返嬷家，用過午膳，大阿姨伸手一揮，把桌上所有杯盤摔砸在地。她疾喝：「好了，現在我們可以來談遺產了。」

「嬷屍骨未寒，這事可否緩點說？」母親低聲請求。無視於我，大阿姨戳遺囑歇斯底里咆叫：「我偏偏就要現在談。現在。舊剝皮寮公寓以外的產權都作五等份，哥哥，弟弟，我，妳，還有妳兒子，憑什麼？」

我踅回客廳，好避開尷尬場面。

大阿姨生二子，大舅育一女二子。嬷極早屬意我分產，還讀幼稚園，她已將我過繼給早逝未婚無嗣的二舅。大阿姨曾為此鬧得沸沸揚揚，她怪嬷偏心，咄咄逼人興師問罪。

嬷同她下了跪，連頭也磕了下去。

分產事我捫心無愧，同輩眾表哥姊自幼依親移居香江，英粵語比中文溜，與嬤久久見一面。而大舅與大阿姨，儘管經濟條件與時間許可，卻連過年都不曾返家，只彌補似的每月各匯兩萬元生活金。

嬤的日用必需品，各手術病事，乃至每週骨科，皮膚科會診都由母親負責。嬤近年行動不便，若聯絡不上特約計程車，每每外出都得由母親與看護一前一後，汗淋吁喘地扛輪椅上下樓。

大阿姨執意爭產，我猜與錢無關，而是形式上的索討或求償。或許她恨嬤再嫁。或許她不滿嬤自始偏袒母親與小舅。

大阿姨是真優渥，坐擁臺北，北京，上海，蘇州乃至美國房產。猶記年幼時，大舅大阿姨皆住香江，母親因公勤飛香港批貨，有幾回她帶我與嬤同行，我們暫居大舅的觀塘公寓。假日時，大舅會開車送我們至大阿姨的南灣宅邸度假。

那是當年我對富有的全部想像了。從前陽臺望，是彎月形的白沙灘，湛藍海濤。從後方窗眺，是逼入眼簾的縱切翠綠山面。山腳下，有好大的私人泳池。

大阿姨家擺設多以米白、淺灰系為主。棉織窗簾，粗麻桌布，壓克力或不鏽鋼桌椅。姨丈總是不在家。書房裡擺了古箏。托，按，抹，挑，大阿姨偶爾盤腿坐，為我們焚香演奏。一切整潔有序，但細處卻總讓人疑惑，不安。那是桌布上血跡似的紅酒漬，沙發牆角桌椅處的撞痕，或大阿姨的歪斜眼鏡，與衣料上莫名的醬汁印。

一切太安靜了，靜得讓人心慌。我與嬸大多時候往外跑，赤腳在沙灘追逐，任狂風恣意吹打。髮亂飛，海鳥低旋鳴叫，一個下午，就被浪花冰涼涼地沖刷而過。

7

接連一個禮拜，母親按要求，每日前往嬸家與看護清理遺物。

母親拖回整整好幾大袋的舊衣褲。一日夜深，睡前我們蹲在自家客廳地，將之全數掏出分門別類。我把一件鬆緊腰的亮茄紫厚尼龍運動褲，與半透明薄紗針葉綠衫放入私人衣櫃作紀念。

母親從袋裡抬出幾疊黃泛，褶皺，邊角蝕蛀的印刷品。

我順手翻，多是嬤家出版的地圖集。銅版紙質淡綠封面，總統府、小南門等街景以白浮水印描繪其上。我按折線小心攤展，地圖縣市名從右至左以黑底白字大寫，下方小標「南華出版社有限公司 NAN HUA PUBLISHING CO. LTD」。

其中最早的，是張民國五十八年臺北地圖，右印「內政部審查合格頒發臺地字第一六八五號發行許可證書」細體小字。母親說，那是臺北升格為院轄市的第一張民間版地圖。一萬四千五百分之一為比例尺。羅馬數字作經，拉丁字母做緯，切割建成，大同，延平等區以利路名索引。都心以白，藍標記。彼時的大安區是淺黃一片。公園，緩丘，山林各以青色漸層分隔。而外縣市鎮則以深檸檬黃標示。此外，地圖另附臺北近郊遊覽圖與黑白印刷的士林鎮、板橋鎮、永和鎮街道圖，與全省鐵路各站里程表。

母親說這不知沿用了多少年，當時所有公務機關牆上掛的，無非是南華出版社產品。我則對手中另一版較有印象，那是七十八年的第三版地圖，那年我四歲，總在空白頁面塗塗抹抹，隨意插畫。

「記得嬤還開發了立體地形圖。」母親說。

我從紙堆裡抽出一本吳濁流著，傅恩榮譯，黃渭南校閱的《亞細亞的孤兒》。封面純白底，鼠灰弧形下緣，右側堆疊黑色與朱紅的斜邊三角形。「怎麼會有這本？」我問。母親笑而不答，示意我翻至書末。

打釘已落，膠黏處搖搖欲墜，我小心將書本攤開，末頁下欄除作者譯者名，我赫然發現：發行人魏南華。

「這是嬤出版的？」我驚呼。母親點頭。

我從卷頭詳視，全書除小說內文外，更有洋洋灑灑諸多外篇。有作者照與其於出版日民國五十一年的親筆題字稿紙復印。校閱者閱後感想。翻譯者動機。日文版村上知行先生序。作者原序。還有吳濁流自書的〈由日文翻譯成中文出版的經過〉。

「以前出書還真慎重。」我說。

母親卻嘆了一口氣。她說嬤對當年一事特別介意。剛談妥《亞細亞的孤兒》版權，嬤竟發現早在民國四十八年，有高雄黃河出版社，一署名楊召憩的譯者，以《孤帆》擅作書名的盜譯版。

嬤當年還細心還原日文初版時，為省紙而刪去的諸多篇幅，母親憶及嬤更鑿鑿指證一章節，描述作者同情，但因自身不具法律背景而無法給予幫助的族人，題為〈無援的人們〉，在黃河版翻譯竟成了〈無可救藥的人們〉。

「嬤堅信，這是蓄意以盜版，翻轉書本核心價值的下作手段。」母親說。

8

臺北市的長興鑄造鐵工廠。永泰和貿易公司。延平北路的臺北第一倉庫。西寧南路專賣粵菜的馬來亞餐廳。長安西路的徐外科醫院。

中壢的德興醫院。中壢醫院。楊梅鎮專治眼科，耳鼻咽喉科，產婦科與皮花科的光明醫院。

苗栗的頭份劉外科醫院。苗栗外科醫院。存仁堂醫院與博濟醫院。

高雄的大榮製鋼股份有限公司。

《亞細亞的孤兒》後幾頁刊載滿滿廣告。大版面者上、下二分欄橫式書寫。小版面者再對切呈四格以直式刊。我讀著一則則陌生的店號與地址，彷彿看見民國五十年的嬷穿小翻領黃赭色洋裝，踏黑細跟鞋翩翩而來。沙路燠熱，漫天塵，嬷一頭黑髮微鬈蓬鬆，薄汗淌，她將擋風的直紋無領外套擱置座位旁。她拎皮公事包，乘人力車，北中南跋涉穿衕拐巷，簽下一紙紙合約。

「嬤怎會印這種刊物？」我問。

「書應是外公代友託請嬤經手。」母親解釋，當年同南華出版社密切往來的，多是外公熟識的文壇摯友。節省的嬤，對其廣闊交際頗有微詞，家中炊食總要超額準備，時不時便有朋友串門，與外公飲酒談政久坐不離。

〈阮若打開心內的門窗〉的王昶雄，〈夜雨〉的王詩琅。母親細數當年席上客，她說，印象最深的是郭水潭，鹽分地帶詩人，年輕時黑黑壯壯，好俊，穿跟外公一樣的三件式全套白西裝。他中年發了福，外公過世後，仍常登門拜訪，彼時任職文獻委員會的他，曾想引薦大學剛畢業的母親進自立晚報上班。

「嬤不樂意，她以為晚報要上夜班。」母親啼笑皆非道。

遺物撫平，熨貼死亡所帶來的情感皺褶。母親的眼神沉於湮遠過往，不再那般愁苦，她說國小五六年級時，外公已著手地圖事業，搬家至康定路前，出版社原址於西昌街。過前院，自家右廂房底是外公的寫字間，裡面橫陳擺放各式圖紙，外頭暑光盛夏，裡邊卻陰陰涼。母親懷念那段躺在沁涼地圖堆上貪讀閒書的無憂日子。

家裡讀不盡的書，多由同南華批貨的下游廠商提供。

「像南國電影，與進口銀河畫報的東光出版社。」母親說：「還有，還有。」她起身，箭步至後方書房乒乓翻找。她遞給我一本專心文庫出版的《項羽》，母親記得老闆當年是外公摯友，上大學時送她整套日本作者撰的諸子百家與三國譯本。

夾雜於客廳缺頁地圖堆間的，還有幾本零散的彩色漫畫封面小冊書本，皆出自南華。許丙丁的滑稽童話《小風神》與續集《遊仙枕》。改編自電影的《薔薇處處開》。小說《追蹤》與《某夫人外傳》。

「這是當年出版社最暢銷的刊物。」母親抽出一本廖毓文的《臺北城下的義賊廖添丁》，說：「這是當年臺灣省文獻委員會廖漢臣先生的筆名，書封還是由畫《諸葛四郎》的葉宏甲所繪。」

一書最引我好奇，其封面畫羅馬式拱頂牆內一黑髮女子，穿低襟血紅禮服薔薇色披肩蓬裙，女仕胸部出奇豐滿，頸際圍雙條式珍珠鍊，她橫眉怒瞪後方男子。

棄疾著，《姊妹花》。中國晚報連載，民國四十五年出版。封面，內裡如是標記。興味盎然翻開後，卻啞然無言，只因一條條狎暱的章節名震懾了我。

肚子一天天大了起來。順勢把手伸到下面去。不是賣又是什麼。一家典型的私娼寮。周大爺太猛了是不是。我有錢，也要玩姑娘。她的興致特別高昂。你把我壓壞了。無盡的仇恨向他報復。

我懷疑作者可是自家人？

那是熟悉的嬡，豔情而怪誕的嬡？

9

吉日已擇。

水滴親戚有善命理風水之人，細挑了封棺，火化，入塔皆宜的好日子。

大舅，大阿姨僅簡訊允諾出席。母親因整理遺物忙得不可開交，小舅說葬禮瑣事可由他一手包辦，叫母親莫操心。嬤過身前幾月，他一反常態頻繁探望，臨走時，總不忘從嬤的抽屜，櫃子裡翻找些股票。「都是些水餃股，沒個好價錢，恰巧換做治喪費。」他說。

母親卻始終放心不下，她跟小舅交代，當日入寺要準備的素齋水果由我負責。

跑遍最貴的素菜餐館詢問，比對菜色。選菜難，在於時間。預計中午入塔，素齋須於前晚先取，得經一夜半日燜放。得購冷盤或適於室溫食用之物。左挑右選，餐館的既有菜色，無非是佛跳牆，炸杏鮑菇等尋常菜。紅蟳糕。蔥段煨芋粥。豆豉蒸圓鱈。林檎切盤。

幾日來，我腦海縈繞在出版社後廚房汗涔涔，與傭人端出一盤盤拿手菜的嬤的身影，座上皆是當年文人雅士，杯觥交錯。外公逝後，仍有不少人慕名請嬤出版著作，有聲樂家中學庸，有拍《秋瑾》的導演丁善璽攜劇本《觀世音》而來，奈何大阿姨以為文學不賺錢，代為拒絕，並慫恿嬤專心發展地圖事業。但我想，那十幾年的風光排場，是絕不比吳爾芙在內的布魯羅姆茲里派聚會，或普魯斯特參與的麥德蓮勒梅爾女士的巴黎沙龍遜色。

這素齋必須完美，澎湃。嬤是好面子的。

最後透過友人，我聯絡上一名旅臺日僧代製普茶料理。胡麻豆腐。雲片。做工精緻根鬚分明的野菜炸。豆腐山藥混製的精進鰻魚。七彩漬物。紫蘇飯糰。

將每層漆盒輕推，漏細縫透氣，我揣想翌日場面該有多盛大。黃菊紙蓮成雲，眾經團助念，法器喧嗚，眾人披麻帶孝三步一跪，浩浩蕩蕩送嬤最後一程。

然而一切是極簡，甚至寒磣。

我與母親，小舅同車至二殯。繞過一樓幾座最大會場，下樓，最後竟行至停屍間對面的小隔間。嬤的棺木擺在這逼仄地，沒有花籃，沒有弔唁布條，沒有神壇牌位，除了歪歪斜斜，零星擺放的幾張折疊椅。我與母親面面相覷。

小舅沒事似的從包包抽出遺照。「牆上沒有掛勾啊？」他問。同工作人員要了膠帶，他將嬤貼在壁上。

無香爐，只好湊合用妞妞甜八寶一類小罐，滌淨後，倒米權充之。

母親拉我瞻仰遺容。搬大體那日，工作人員說，會盡量讓亡者閉眼安息，不過無法擔保。乍看，嬤眼閉嘴闔。她穿那日我買的壽服，雙手交叉於胸，胸上左右擺一男一女的古裝紙偶與幾枚舊銅幣。再湊近瞧，嬤眼皮上有兩條明顯的膠袋痕，她左眼黮曈陰森半露。

我想起人死時魂魄出離，可見過去，現在，未來因緣諸果。嬤難以瞑目，是預見這難堪的送別場面？不滿屍骨未寒子女爭產？還是怨嘆三段早逝的婚姻與那不告而別的年輕情人？

10

大舅，大舅媽自香港來，與大阿姨同臺中親友喧鬧而至。

大舅媽戴著遮了半臉的太陽眼鏡，手叉腰，獨佇門邊不願入堂。大阿姨來來回回忙著招呼親友。大舅倏地衰疲了，原一米八的挺拔身子，如今歪腰縮肩，他步履蹣跚地朝我們走來，尷尬微笑。他點過香，瞻仰遺容後，吃力地坐到折疊椅上。

親友中有傳聞大舅患了帕金森氏症，中過風。我的視線，始終盯在他天靈蓋上的深色微凹處。大舅前幾年皮膚癌開刀，削去一塊粉瘤。

我環視四周，果然，孫子輩唯我出席。長輩裡，嬤的幾名妹妹皆因年事已高不克北上，遂派子女參加。該封棺了，親友中一男子恰擅廟事，代行敲釘唸咒之責。

火化場像座大型燒陶廠。領號排隊，工廠流水線似的按鈕入爐，一一焚之。灰煙裊裊，空氣滯悶，輪到嬷時，工作人員要我們站在線的另一頭。這可是天人永隔了。我想。他要我們在按鈕時呼喊亡者快逃，以避火殘燒魂體。

母親哭了。小舅哭了。幾名表阿姨表舅也受感染落了幾滴淚。我卻鐵著臉，悲哀地想，如果嬷的靈魂根本不在這呢？如果搬大體那天沒引魂，而嬷，自始至終都被困在舊剝皮寮的公寓裡呢？

我撇過頭，卻看見大阿姨站在眾人身後，面露微笑。

等待撿骨的空檔，一行人移往二樓家屬休息區。眾人就一橢圓長桌分坐，我與母親小舅獨佔邊角，無人理會，乃意料之事。

這幾年大舅從香港頻頻返臺，他更不辭辛勞抱病與大阿姨舟車水滴盛宴親友，席間行大內宣，兩人義憤填膺，抱怨我與母親是如何一步步算計，趁嬷年老，神智不清時謀奪家產。

好熱的天，該來的梅雨未來，家屬休息區唯幾只沒力的風扇嗡嗡轉。母親低頭唸經迴向功德，小舅翹二郎腿滑ipad。我戴上耳機，用音樂斷阻一切，漠然地審視長桌另端的人們。

上次同見大阿姨與大舅是多久前的事了？該是三年前。

那時我於歐洲就學，重病，在醫院昏迷了一個多月。母親接我返臺療養，第一時間也沒能先探視嬤。臥床過久肌肉流失，舉步維艱，回家當日我聯絡友人，請他將我揹至四樓住處。

待身體漸返常軌，我仍心有餘悸。畢竟身體早已駐足死亡印記，肺部區域纖維化，右腳不時刺痛難耐，每日得由一帖帖藥物控制，壓抑。

休養了幾個禮拜，拖著病體前去嬤家，只因那時大舅返臺，母親說最好打個照面。一進門，嬤抱著我久久不放。「竟瘦成這樣子……」她心疼地說：「我每天，每天都幫你求菩薩拜託喔。拜託你好起來。」

大舅盯著我身上幾處剛愈合的疤與抽血針孔，說：「原來真病得不輕啊。」

大阿姨一旁信誓旦旦道，是身為南懷瑾弟子的她替我誦唸萬遍準提咒，這才把我從鬼魂關拖了出來。

她沒說的，是趁我異地昏迷時，為遺產，誑稱二舅渾身血淋淋前來託夢，喊著想回老家，但因與我父子孽緣未了無法投胎。大阿姨作主將其骨灰自家族合塔取出，南下改葬。

11

「你是個幸運的人。」大舅上山前對我說。

將嬤與外曾祖母同葬善光寺，是我與母親的決定。古剎位銀光路底，深幽清淨，可眺山下溫泉，卻得開車曲腸蛇繞一番才能抵達。

小舅從車上扛下六瓶半人高的豔紫蝴蝶蘭。凝香暗飄，寺內多花，雜植大量石蓮，櫻樹與山茶。高大的年邁住持容貌嚴峻，冰冷。小舅說住持是嗜花之人，除素齋貢果外，要求的，便是蘭花。楊楊米後方，萬蘭簇擁。紫香蘭。萬代蘭。勾狀石斛。庭院外或土栽，或以鐵線倚樹纏綁許多垂頭，半衰的腎藥蘭。

正殿近佛處，掛垂三只巨型鍍金吊飾。蟠龍首，鏤空葉，長長碎花墜鍊。住持要我們撚抹香，以齋食敬拜宴請諸魂後，盤腿聞經。

此寺建於昭和七年，屬淨土宗西山深草派。住持以聽似日文的古漢語擊缽誦禱。大阿姨，大舅與大舅媽先上山檢視過塔位，法事暫歇時先行離去。

這是一剖二分的家了。我想。有點感傷，有點鬆懈。盤坐於墊，耳聞室內收音機持續播放的藥師經，地藏經，我思忖大舅同我說的話。那時他語調平淡，甚至帶著些微欽羨。我想，幸運不單指金錢。大舅或許嫉妒我能與嬤親近生活，多年相愛，而不恨。

能被偏寵是幸運的。想至此，我驚覺，或許嬤之不瞑目實則因我？或許臨終時，嬤已於未來世，瞥見母親去後的我將孤獨終老，病榻臥床，最後化為一灘黑臭死水。無人送終，無人接引至香花香雲香雨大放綠毫相光之地。

嬤多心了，我不怕孤獨死，我怕的，是莫須有的，只因血緣而被迫綑綁在一起的惡性親屬關係。

為安亡靈，望著嬤的遺照，我雙手合十，虔心低吟：「上路吧。請安心離去。我無懼死亡，它輕如鴻毛。請安詳而眠，如此，我才能於異日無愧而去。願我們永不復見，不墮輪迴。願我們遠離五濁，永別這無愛世，受刑天。」

「啪。」我聞聲回首，只見角落，小舅帶來的高瓶上，一朵高掛的紫蝴蝶蘭，悄悄脫枝而墜。

——第六屆鍾肇政文學獎短篇小說獎首獎，節錄版刊登於《聯合文學》第四三二期

新人間叢書 361

風葛雪羅

作　者—白樵
副總編輯—羅珊珊
責任編輯—蔡佩錦
校　對—蔡佩錦　蔡榮吉　白樵
內頁排版—新鑫電腦排版工作室
目次設計—SHRTING WU
封面設計—廖韡
行銷企劃—趙鴻祐

總編輯—龔橞甄
董事長—趙政岷
出版者—時報文化出版企業股份有限公司
108019台北市和平西路三段二四〇號四樓
發行專線—（〇二）二三〇六—六八四二
讀者服務專線—〇八〇〇—二三一—七〇五
（〇二）二三〇四—七一〇三
讀者服務傳真—（〇二）二三〇四—六八五八
郵撥—一九三四四七二四時報文化出版公司
信箱—10899臺北華江橋郵局第九九信箱
時報悅讀網—http://www.readingtimes.com.tw
思潮線臉書—https://www.facebook.com/trendage
法律顧問—理律法律事務所　陳長文律師、李念祖律師
印　刷—勁達印刷有限公司
初版一刷—二〇二二年七月十五日
初版二刷—二〇二二年十月十四日
定　價—新臺幣四二〇元

時報文化出版公司成立於一九七五年，
並於一九九九年股票上櫃公開發行，於二〇〇八年脫離中時集團非屬旺中，
以「尊重智慧與創意的文化事業」為信念。

風葛雪羅 / 白樵 著. -- 初版. -- 臺北市：
時報文化出版企業股份有限公司, 2022.07
304面；14.8 x 21公分. --（新人間叢書；361）

ISBN 978-626-335-609-2（平裝）

863.55　　111009032

ISBN 978-626-335-609-2
Printed in Taiwan